I0754010

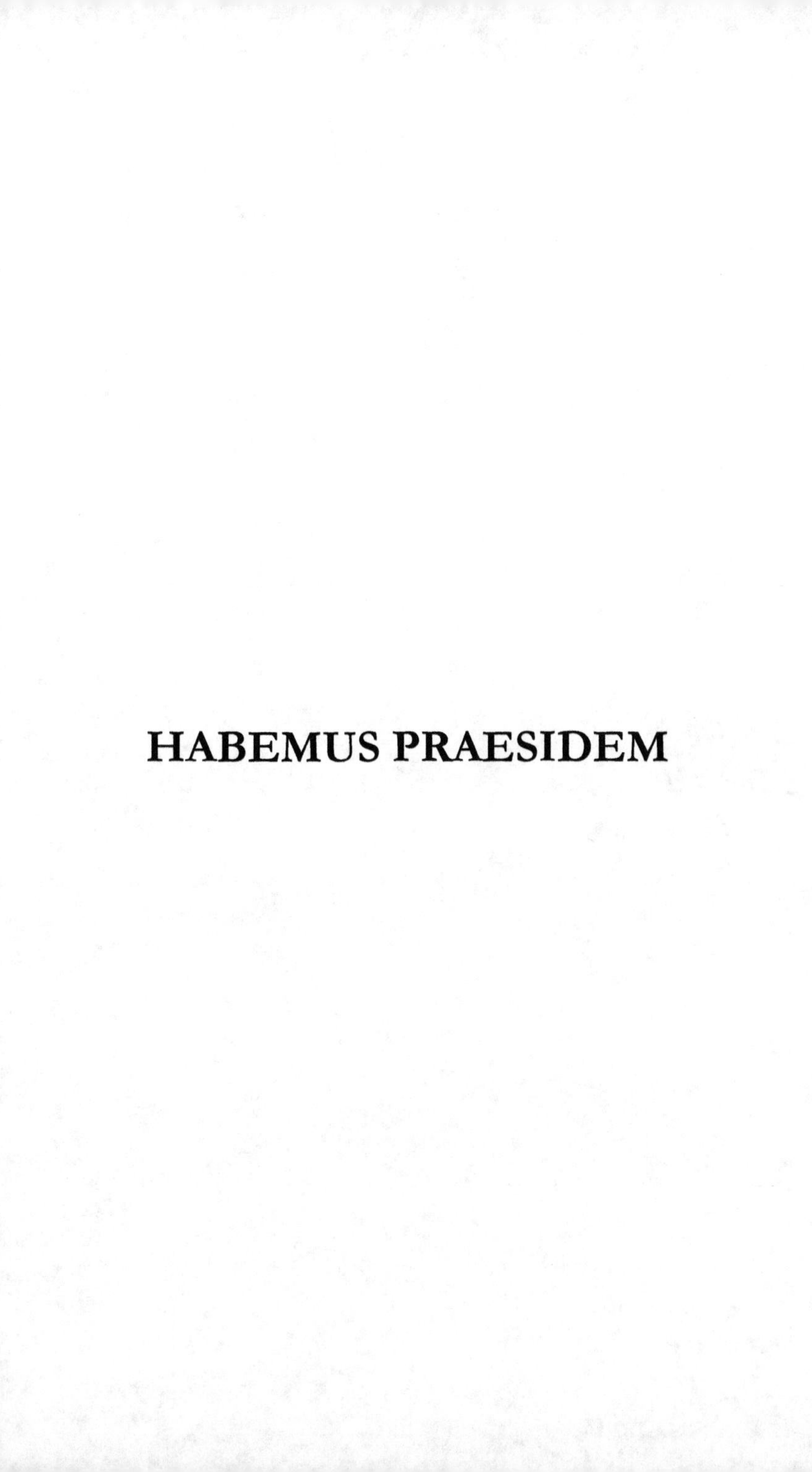

HABEMUS PRAESIDEM

HABEMUS PRAESIDEM

Fable satirique

Manou FUENTES

ISBN : 978-2-37011-015-2
Éditions Hélène Jacob – 13 Impasse Victor Gesta – 31200 Toulouse
Imprimé par Create Space – États-Unis
10,45 €
Dépôt Légal Octobre 2013

Design couverture : Jérémy Calli

Chapitre 1 – Le contexte historique

C'est par le plus grand des hasards et à la stupéfaction générale que le sieur Anastase Martin, brave homme plus connu pour sa discrétion et son humilité que pour ses faits de gloire, en vint à être élu président de la République française.

Pour comprendre comment une telle nomination fut possible dans un pays toujours porté à se choisir des dirigeants illustres et peu enclins à la modestie, nous devons rappeler brièvement l'historique et le contexte particulier de l'époque.

En ce temps-là, dans le pays de France, les présidents de la République étaient élus au suffrage universel. On se souvient qu'après moult rébellions, combats et luttes fratricides, la République avait fini par triompher de la Monarchie et qu'elle était sortie également victorieuse de l'Empire. En effet, celui-ci, bien qu'éphémère, avait bien failli reprendre aux citoyens ce qu'ils avaient pourtant conquis dans le sang des révolutions, de haute lutte. Lorsque ces ères monarchiques touchèrent à leur terme, le peuple souverain était, enfin et une fois pour toutes, devenu le Maître absolu des lieux.

Malgré cette éclatante victoire, l'organisation politique mit du temps à trouver un équilibre propre à assurer la stabilité de l'État. Le triomphe populaire, bien que sans conteste, était hélas continûment assombri par le jeu complexe des nombreux partis traditionnels. Ceux-ci, porte-parole de toutes les tendances de l'électorat, foisonnaient dans tous les coins de l'hexagone. Leurs manières étaient si désordonnées que personne ne comprenait goutte à la violence de leurs rivalités ni aux chamailleries qui ne manquaient pas de surgir en leur sein, pour la moindre peccadille.

Bref, ils éclipsaient les lendemains chantants inscrits en filigrane – et même noir sur blanc – dans la prouesse accomplie par les citoyens d'autrefois. L'instabilité politique générée par les agissements de ces partis pouvait donc remettre en question, voire faire imploser la République si chèrement acquise. Si l'on n'y prenait garde, elle était susceptible, à chaque instant et à terme, de conduire le pays au chaos.

C'est dans ce contexte agité que le Général, qui présidait alors aux destinées de la France, prit tout le monde de court. Lassé de la confusion régnante, ce militaire au passé éminemment glorieux décida tout à coup d'y mettre fin. Il eut, en effet, l'ingénieuse idée de proposer d'élire le président de la République aux suffrages directs des citoyens et d'instaurer ainsi un régime présidentiel de grande puissance.

Si cette initiative hardie présentait l'avantage assuré d'édulcorer le rôle néfaste des partis, elle avait aussi son inévitable revers de médaille : elle impliquait d'organiser, au préalable, un référendum aussi profitable que périlleux. Inutile de préciser que, même pour un général de haute stature, faire élire le président de la République au suffrage universel et obtenir par là même l'onction du peuple, ne fut pas chose aisée.

Les partis politiques traditionnels vécurent cette proposition comme devant satisfaire les seuls intérêts du grand homme et ils la combattirent fortement, tant elle contrariait leurs habitudes. On peut même dire que leur hostilité au projet fut si puissante qu'elle réussit le prodige de les réunir momentanément dans un même camp, chose proprement inimaginable jusqu'alors. Personne, en effet, n'avait jamais pu observer ni entendre semblable unisson de leurs voix.

Hélas, malgré une campagne de critiques violentes contre cette si funeste proposition, la révision constitutionnelle proposée par le Général fut adoptée à une très large majorité des voix. Les partis en furent pour leurs frais. Ils ne purent exercer aucun recours contre la pratique éminemment démocratique que représente le référendum et perdirent donc à tout jamais la partie.

Cette consultation directe avait été pensée dans l'esprit de son créateur de manière à ce que chaque élection symbolise la rencontre d'un homme avec le peuple. De ce seul coup, cette réforme offrit au président en exercice et à ses successeurs l'avantage d'être désignés directement par les citoyens et de jouir d'un pouvoir incomparablement plus grand – et ceci sans qu'aucune virgule concernant lesdits pouvoirs dans cette Constitution n'ait été modifiée…

L'initiative fut un réel succès non seulement auprès des électeurs, mais aussi de l'ensemble des impétrants qui se présentèrent à la candidature suprême. De tous les présidents élus par la suite, non seulement aucun n'eut l'idée saugrenue de retoucher cette décision bénéfique, mais tous, de quelque bord qu'ils vinrent, s'en accommodèrent de belle manière et y trouvèrent grand avantage pour conduire les affaires de l'État.

Avant d'entrer dans le vif du sujet – puisqu'il ne nous faut pas perdre de vue le fil conducteur de l'affaire que nous voulons conter, à savoir l'élection de l'humble Anastase Martin –, il nous faut planter d'autres éléments du décor, sans lesquels nous ne pourrions saisir dans nos mains toutes les ficelles de l'histoire.

Dans les années qui suivirent, le peuple fut très attaché à ce type de consultation électorale. Cela lui donnait l'impression de tenir en direct les rênes du pouvoir sans l'intervention d'intermédiaires. Chaque année d'élection, après un septennat ou un quinquennat, le peuple se déplaçait pour choisir, avec tout le discernement requis, celui qui allait pour quelques années prendre les commandes de l'État.

Croire que la disparition de la monarchie et l'avènement de la République avaient mis un terme à l'amour des fastes antiques serait aller vite en besogne. Excepté, sans doute, le fondateur de cette nouvelle République, les présidents successifs, issus du bon peuple, mais flattés d'occuper à la fois les lieux et la direction des affaires, allaient même jusqu'à prendre des airs de monarque. Ils profitaient agréablement de toutes les largesses et commodités qu'offraient les cuisines cuivrées, les salons dorés et autres jardins ombragés de ces établissements mémorables. Vivre sous les « Ors de la République », servis comme des rois sur des nappes de dentelles immaculées et garnies de vins fins, tel était le plaisir que devaient ressentir au plus intime d'eux-mêmes ceux qui avaient recueilli la grâce de se faire élire. En quelque sorte, ils pérennisaient à leur manière les fastes des monarchies d'antan.

Pas un ministre n'échappait au désir d'être traité de

semblable manière. Si les calèches avaient disparu depuis des lustres, de longues limousines noires faisaient crisser leurs pneus sur les graviers des allées, dans l'empressement des chauffeurs à conduire leur hôte de marque sur ces sites de prestige. Nul ne se fût avisé d'interrompre le cours de ces événements. Personne ne dérogeait à la règle, y compris les représentants des partis vertueux – animés seulement par l'amour de notre belle devise – ayant clamé avant leur nomination, et parfois à tue-tête, leur attachement au seul bien social.

Du côté du peuple, c'était drôle, mais dans une moindre mesure, l'orgueil patrimonial était le même. N'avait-on pas appris, jadis, aux élèves des écoles que le pays de France brille toujours de tous ses feux ? N'étaient-ils pas, depuis l'enfance, accoutumés aux fastes républicains et aux éblouissants symboles architecturaux de notre puissance passée, dont le Palais de Versailles construit à la gloire du Roi-Soleil reste le plus éclatant témoignage ?

Depuis la Révolution, chaque citoyen, devenu l'égal du roi – puisqu'on lui avait si gaillardement coupé la tête – chaque citoyen donc, fût-il un rustre, était aussi fier de compter parmi les héritiers des révolutionnaires de la Bastille que des trésors de l'État venant de la Monarchie. Les Invalides, le Louvre, le Petit Trianon, les châteaux de la Loire… *« Vois-tu, le salon de Marie-Antoinette ? Et par là, le lit à baldaquin du roi pour son petit lever ? Et tous ces lustres scintillants ? On représentait quelque chose tout de même, à l'époque, pas vrai ? »* Les questions des visiteurs fusaient et le gardien des lieux, raidi par son costume et sa position privilégiée, répondait avec grande expertise et gentillesse à toutes les questions, y compris les plus ingénues ou saugrenues venant du groupe ignorant.

Or, au fil du temps, les mœurs dissolues des gouvernants et de leurs ministres, les multiples affaires de corruption et de fraudes fiscales, les scandales à répétition conduisirent les Français à un changement des mentalités. Les affaires ne marchaient plus, le chômage battait son plein, la dette était considérable et la répartition des richesses de moins en moins égalitaire. Les gens fortunés embellissaient leurs maisons, leurs placements et leurs portefeuilles, tandis que les nécessiteux s'appauvrissaient à vue d'œil.

Des hordes d'indigents campaient aux abords des villes entre les bretelles polluées des autoroutes. Les associations caritatives, malgré leurs efforts, ne parvenaient ni à loger tout le monde ni à nourrir toutes les bouches, surtout pendant les périodes de grand froid, au cours desquelles on découvrait parfois au petit matin quelque miséreux transi, raide mort.

Que s'était-il donc passé ? Que diable ! N'était-on pas la patrie des droits de l'homme – et de la femme, naturellement – que nous enviaient les peuples de la Terre ? N'avait-on pas donné l'exemple en séparant l'Église, toujours porteuse de violence, de l'État ? Notre modèle social n'assurait-il pas les besoins des citoyens comme personne d'autre au monde ?

Bref. Tout le monde en convenait, le pays ne tournait plus du tout rond. Il fallait bien se rendre à l'évidence. La belle promesse de liberté, d'égalité et de fraternité gravée aux frontispices de nos architectures publiques, pour magnifique qu'elle fût, avait, en réalité, cessé de battre au fond de nos cœurs. Et l'on persistait à chercher les lendemains enchantés prédits par la société de l'éternel progrès.

Les plus optimistes se grattaient la tête pour trouver une issue à cette situation déplorable. Hélas ! Plus aucune idée au sein du pays ne germait. Ce n'était pas faute de l'absence de comités et commissions chargés de résoudre les problèmes. Au contraire ! Leur superposition paralysait le pays. Chaque étage décisionnel avait les yeux fixés sur ses propres objectifs, voire ses propres intérêts et donc, à terme, ne convoitait que sa propre survie.

Bref, toutes ces strates amoncelées coûtaient fort cher à la nation exsangue… et plus personne n'avait le recul suffisant pour proposer une vision d'ensemble. Que penser ? Que dire ? Que faire ? La France, jadis si imaginative pour trouver par elle-même une issue à ses problèmes, tournait en rond, ressorts cassés. La panne sèche. La page blanche. Le vertige de ne plus être prise pour modèle.

Notre coq, choisi comme emblème des matins clairs, ne chantait plus. Aucun cocorico égosillé n'ouvrait la journée. Rien. Inutile de tendre l'oreille. Était-il mort ? Endormi ? Déplumé ? Personne ne savait. On n'en parlait même plus, de ce coq, tant on savait inconsciemment qu'il aurait été pitoyable. On l'avait tout bonnement oublié. Peut-être avait-il été saisi lui aussi de déprime ! Le diagnostic sévère des sondages nous plaçait au rang numéro « Un » des contrées dépressives. Sans doute, notre coq, entre autres qualités, avait su les lire.

Le temps semblait donc venu de trouver quelque solution venue d'ailleurs et de prendre modèle sur un pays occidental de meilleure réputation que le nôtre. Tous les regards convergèrent vers les pays scandinaves. Parmi ces contrées froides, ce fut surtout la Suède qui attira l'attention des observateurs. Selon leurs dires, la répartition des richesses y était harmonieuse et la classe dirigeante, chose rare, semblait indemne de tout soupçon. Toutes les publications s'accordèrent alors pour louer l'organisation et la vertu des gouvernants de ce pays.

En tout cas, personne n'évoqua le nom de la Finlande, du Danemark, de la Norvège et de l'Islande. Encore moins, du Groenland ou des îles Féroé. Pourquoi donc ? N'étaient-ce pas de grandes démocraties ? Leur organisation était-elle défectueuse ? Mystère ! Personne ne savait, sauf, peut-être, les experts attitrés qui étaient rarement connus du grand public. On n'en parlait jamais, voilà tout. La Suède, la Suède, rien que la Suède.

On ne sortait pas de là. Toutes les gazettes vantaient le fonctionnement irréprochable de ce pays. Le bruit courait que ses dirigeants étaient plus préoccupés du bien public que du leur, au point que jamais un sou prélevé sur les revenus des contribuables n'aboutissait dans leurs poches.

Un article du *Figaro* de l'époque[1] vint confirmer toutes ces assertions. Si l'on en relit attentivement et a posteriori quelques lignes, on observe immédiatement la profondeur de l'abîme existant entre nos pratiques et les leurs :

« Simplicité et honnêteté sont les piliers de la vie politique suédoise, où seul le premier ministre dispose d'un logement officiel (payant) et d'une voiture de fonction...

À Stockholm, les ministres déjeunent à la cantine, tout comme les hauts fonctionnaires et leurs secrétaires. Pas d'alcool, pas de

---

[1] *« Normal » comme un ministre suédois*, article de Stéphane Kovacs publié le 09-04-2013 sur le site Internet du *Figaro*.

fromage ni de dessert, seulement des carafes d'eau... et du lait froid. " Et si un ministre oubliait de débarrasser son plateau, commente un fonctionnaire, vous n'imaginez pas les gros titres le lendemain dans la presse ! "

En Suède, " les ministres mènent une vie normale... Bien sûr, au ministère des Affaires étrangères, il y a un cuisinier et des salons pour recevoir nos hôtes. Mais, au quotidien, pourquoi ne pas déjeuner à la cantine ? " Les ministres, martèle un fonctionnaire, " sont là pour servir, et non se faire servir "...

Modestie, rigueur et honnêteté : voilà les premières qualités exigées des ministres suédois. Aucun logement de fonction ne leur est proposé. Seul le chef du gouvernement a droit à un appartement – 175 m2, pour lesquels il paie un modeste loyer – dans une belle maison blanche sur les quais. Pas de voitures avec chauffeur non plus, sauf pour le chef du gouvernement et celui de la diplomatie : en déplacement, les ministres se débrouillent, prennent le train, la police pouvant assurer leur transport en cas de besoin. " Un jet privé ? Une suite dans un palace ? Chez nous, c'est inconcevable : c'est si loin de notre culture ! " indique un avocat et conseiller juridique de plusieurs agences gouvernementales. Ici, il n'est pas rare de croiser un ministre à la gare, ou dans un grand magasin...

Quant aux bureaux, ils sont fonctionnels, avec des meubles de type Ikea. Frais de réception, de déplacement, communications téléphoniques : tout est minutieusement réglementé et vérifié. Les données personnelles, comme les factures les plus modestes sont accessibles à tous. " Si vous voulez savoir combien tel ministre a payé sa maison ou à combien se monte sa taxe d'habitation, vous n'avez qu'à cliquer !... Leurs coups de fil privés, les ministres les donnent avec leur portable personnel. Ils voyagent en classe économique, sauf sur les vols long-courriers. "

À Noël dernier, l'une des agences gouvernementales a

organisé une soirée, semble-t-il, un peu trop arrosée. " Nous avons droit, en principe, à une fête par an pour le personnel, précise le conseiller juridique. Avec maximum deux verres de vin par personne ! Là, cette limite a été dépassée, et cela a créé un énorme scandale : les responsables ont été licenciés, le gouvernement a été accusé de ne pas bien contrôler ses agences, et même le premier ministre... a dû s'expliquer là-dessus ! " »

Dans un pays aussi rabelaisien que la France, gouailleur, révolté, orgueilleux, vaniteux, voire prétentieux, mettre en forme une si audacieuse réforme prenait les gens à rebrousse-poil. Le fonctionnement si contraire à notre nature de la Suède était envisagé sur le papier, mais ne suscitait guère l'enthousiasme des cœurs.

Comment ? Monter sur un vélo au lieu de parader en limousine sur les Champs-Élysées ! Et pourquoi ne pas mettre des épingles à linge aux pantalons pour éviter de les prendre dans la chaîne du pédalier, tant qu'on y était ? Le bruit courait même qu'un ministre suédois avait été contraint à la démission pour avoir acheté sur les deniers de l'État quelque tablette de chocolat ! Tout, dans ce pays scandinave, était rebutant pour notre âme magouilleuse et possédante, y compris au sein du peuple.

Cependant, l'idée faisait son chemin. La situation financière était catastrophique et il fallait bien diminuer le train de l'État. Sans entrer dans les détails de la douloureuse mutation et des efforts surhumains que le pays dut souffrir, on peut résumer les choses en disant tout simplement qu'il fallut deux décennies à notre pays pour parvenir à un résultat comparable au modèle suédois choisi. Le vent de l'histoire avait soufflé un tel esprit moralisateur sur notre France coquine et rouée qu'elle en devint austère et à cheval sur les principes moraux, si bien que le monde entier stupéfait appela notre pays, la nouvelle Suède.

Imaginez un instant la stupéfaction des pays étrangers au spectacle de la métamorphose de notre nation. Le changement fut si déroutant que les « Unes » de tous les journaux de la planète s'en firent l'écho. Sans en faire l'inventaire complet, prenons l'exemple d'un grand hebdomadaire espagnol[2] :

« Énorme changement en vingt ans : la France, jadis si débonnaire et peu regardante sur les agissements de ses hommes politiques, toujours prompte à fermer les yeux sur leurs frasques financières, féminines, et sur les avantages dont ils bénéficient, s'est soudainement métamorphosée pour adopter une rigueur à laquelle elle nous avait peu habitués. Jugez donc par vous-même. Le pays s'est si radicalement transformé que la vertu y est devenue la norme. Sous le regard pointilleux de son peuple souverain, la France a accompli en quelques années une modification telle des mentalités que le moindre manquement à cette vertu est aussitôt sanctionné d'une manière toute luthérienne. »

[2] Article imaginaire.

Chapitre 2 – Un scandale inattendu

C'est dans cette atmosphère de probité, de modestie et de rigueur toute nordique qu'un scandale inattendu éclata. En effet, malgré le vent de purification polaire qui avait soufflé depuis plusieurs années sur notre contrée, un nouveau scandale éclata à la tête de l'exécutif et fit capoter toutes les prévisions des journaux, prophètes et experts de la chose politique.

Purifié de ses travers par le strict respect des us et coutumes scandinaves, notre pays de France vit, avec effarement, son président fraîchement élu commettre une faute irréparable, malgré l'ensemble des garde-fous dressés pour faire obstacle à la moindre malversation. L'affaire fut si tonitruante que le Président fut contraint à la démission, à la grande stupéfaction des électeurs accoutumés à la stricte observance des règles nordiques importées.

La nature de cette faute ? Inexcusable. Le président en exercice, qui jusqu'alors avait fait un parcours sans fautes, commit l'irréparable. Il eut en effet l'outrecuidance, dans ce pays devenu attentif aux manquements des élus, de garer son véhicule sur l'un des parkings réservés aux salariés de l'entreprise dans laquelle il venait d'effectuer ses achats – privé de chauffeur le week-end, celui-ci conduisait de facto, lui-même, son véhicule.

Pressé par le temps et sans doute par des affaires plus importantes, il stationna son véhicule sur le parking dédié au personnel, alors même que l'affichage ne laissait planer aucun doute sur l'affectation desdites places. Son cas fut immédiatement aggravé par l'injure faite au directeur venu lui demander poliment de déplacer sa voiture. Les qualificatifs utilisés sous le coup de la colère, pour répondre à l'injonction du directeur, furent de nature si offensante que la décence nous empêche de les rapporter ici. En effet, ivre de rage, refusant d'obtempérer devant les badauds accourus au plus vite, le contrevenant claqua et verrouilla de loin la porte de son automobile au moyen de sa clé électronique et s'éloigna à grandes enjambées, laissant sur place le directeur et les badauds, attirés par le tintamarre, ébahis.

L'affaire aurait pu en rester là sans la ténacité du directeur à faire valoir ses droits et donc toute la dimension de la Loi. L'incident fut, par ses soins, porté à l'attention des médias qui se précipitèrent illico pour rendre compte de l'événement avec force questions, micros et caméras. Le directeur, flatté de l'attention toute particulière dont il était l'objet – et pas mécontent non plus de la publicité gratuite faite à son entreprise – montra l'objet restant du délit, à savoir la voiture hermétiquement close, et donna tous les détails à qui les demandait.

Il consentit même à répéter à voix basse, mais suffisamment claire, les paroles injurieuses proférées à son encontre par le chef de l'État. Des témoignages directs confirmèrent sa version des faits. Les images des téléphones portables des employés présents sur le parking au moment de l'altercation attestèrent a posteriori la véracité des paroles du directeur. Tout fut mis en ligne le soir même sur les réseaux sociaux et télévisés. Un bout de film pris sur le vif prouva le flagrant délit. Il se fit l'écho, sans possible montage des images, des injures prononcées par le Président, du geste peu amène que celui-ci avait adressé au directeur et de son départ précipité des lieux de son infraction.

La suite était largement prévisible. Malgré le *mea culpa* télévisé qu'il fit dès le lendemain, le mal était fait. Il fut déchu de son parti dont le règlement intérieur stipulait (en son article 32) qu'aucun des membres de cette confrérie ne devait manquer aux obligations de bienséance et de politesse et (dans son article 54) au respect des affichages sur la voie publique. On imagine bien que, dans ces conditions, occuper la fonction suprême n'était plus envisageable pour le Président, d'autant que l'opposition offusquée de son comportement s'empara de l'incident et enfonça naturellement le clou.

Vingt ans auparavant, cette faute aurait pu passer inaperçue aux yeux des médias ou être appréciée comme vénielle. Manque de chance pour l'élu, la stricte législation, le souci permanent de transparence et les années écoulées avaient produit leur œuvre de moralisation. De grenouille, le détail déclenchant devint bœuf. L'insignifiante bagatelle devint affaire grandiose et le Président en pâtit si gravement que la présidence du pays fut confiée à un autre – en l'occurrence, notre Anastase, que nous nous gardons d'oublier en chemin.

L'histoire ayant pris les proportions d'une affaire d'État fut confiée à la justice. Le coupable, bien que présumé innocent, fut présenté dans tous les médias à la vindicte populaire. Les magistrats, saisis de l'affaire, décidèrent son placement en garde à vue. Bien leur en prit. Car les investigations décelèrent, outre le caractère coléreux du prévenu, des intrigues autrement contrevenantes aux bonnes mœurs. Le Président n'avait-il pas, par le passé, employé un secrétaire particulier au noir dans son entreprise et caché dans des pays peu pointilleux des fonds dont personne ne connaissait la provenance ? Ne le soupçonnait-on pas maintenant d'avoir usé de son influence pour faciliter la nomination de son fils comme directeur des ressources humaines dans une entreprise publique, alors que celui-ci ne possédait ni les qualités ni la maturité requises pour occuper ce poste ?

L'étonnement du peuple et des médias allait grandissant. « Nous avons bien vu notre parlement voter des lois propres à éviter ce genre de pratiques. Notre président lui-même a invité les ministres à parapher une charte de déontologie lors de la nomination du gouvernement. Vingt années de moralisation n'auront donc pas suffi ? »

Un mot savant revenait sur toutes les lèvres. Népotisme… Népotisme… *« C'est la forme actuelle du népotisme », expliqua dans les médias un expert en linguistique. « Son origine étant généralement obscure pour le grand public, voici son étymologie exacte : le mot tire son origine du mot latin "nepos" qui signifie neveu. Le népotisme était un fait de favoritisme accordé par un pape à l'un de ses neveux par la cession indue de titres ou de donations réservés au Vatican. De nos jours, ce mot pointe un arrangement de la part de quelqu'un qui occupe une position privilégiée dans la fonction publique ou privée et qui favorise un membre de sa famille. »*

Les dessous de cette affaire eurent un écho retentissant.

Une ancienne employée d'une entreprise dans laquelle exerçait vingt ans plus tôt le Président révéla en prime avoir eu des rapports avec lui alors qu'elle était mineure. Elle déclara sur toutes les chaînes d'information : *« Le Président savait parfaitement que je n'avais que dix-sept ans lorsqu'il m'a fait des avances, alors que j'accomplissais un stage au sein de cette entreprise avec l'objectif d'y briguer un poste... »* L'avocat du prévenu plaida publiquement en faveur de son client *« les faits reprochés sont prescrits de longue date, personne n'est en mesure d'en fournir la moindre preuve et... il est extrêmement curieux, c'est le moins qu'on puisse dire, que cette jeune personne ne se remémore les faits et ne les expose qu'au bout de vingt ans et... précisément à un moment difficile pour le Président. Cela me semble donc relever du chantage pur et simple ».*

Son vibrant plaidoyer ne changea rien au fond de l'affaire, tant les griefs s'amoncelaient. C'en était vraiment trop : conflits d'intérêts, détournement de fonds, évasion fiscale, népotisme, abus de pouvoir ou d'autorité, corruption de mineure… Il ne manquait plus que la corruption en bande organisée, et le tableau eût été complet !

Chapitre 3 – Une intense réflexion

Même si pas mal de faits étaient prescrits, la mentalité pernicieuse de l'élu fut mise au jour. Tous ses comptes et activités furent épluchés sous les yeux ébahis de la planète. Comment ? se disaient les Français. N'avons-nous pas porté à la candidature suprême un président vertueux, aimant tout à la fois, les pauvres, les opprimés et les exclus ? La législation n'a-t-elle pas rédigé des lois pour éviter à jamais semblable phénomène ?

Des débats d'experts furent organisés dans les médias sur ces questions, tant la société paraissait déboussolée par les récents événements et tant le besoin se faisait sentir d'y répondre. Les questions fusaient de toute part. L'homme est-il bon par nature ou mauvais ? Sont-ce les acquis de l'éducation qui forgent sa conscience morale ? A-t-il le sentiment intérieur d'une norme du bien et du mal qui lui indique comment se conduire ? Est-ce la peur du gendarme qui l'amène à brimer ses propres désirs pour respecter les lois ? Autant d'interrogations qui agitaient le monde médiatique.

Un soir de grande audience et à une heure de grande écoute, la conclusion d'un expert consulté sur ces sujets tomba comme un couperet et stupéfia l'auditoire. Son intervention fit, naturellement, couler beaucoup d'encre par la suite.

Voici en substance ce qu'il déclara : *« Ce n'est pas parce qu'un homme affirme aimer les pauvres qu'il les aime. Ce n'est pas parce qu'il prétend détester les riches qu'il n'affectionne pas, sans l'avouer ouvertement, leur compagnie. Ce n'est pas parce qu'il prétend défendre les exclus qu'il leur porte un quelconque intérêt. Peut-être les déteste-t-il même plus qu'un autre qui éprouve en secret une empathie muette pour le genre humain et dont il a la pudeur de ne pas souffler mot. Ce n'est pas parce qu'un homme déclare détester le racisme qu'il n'est pas secrètement raciste au fond de lui. Le cœur intime de l'homme – tout ceci est valable pour la femme, naturellement – reste un mystère et un secret pour les autres. C'est la raison pour laquelle, parfois, des crimes odieux sont commis par des êtres humains qui jusqu'alors avaient l'apparence des gens honnêtes et respectables ».*

Cet éclairage, affirmé de but en blanc, fut dérangeant pour beaucoup de consciences qui, de bonne foi, avaient mis tous leurs espoirs dans la nature foncièrement bonne de l'homme et dans le progrès. Le problème posé par ces questions existentielles devenait lourd de conséquences pour la société tout entière. La question devenait : un homme honnête est-il celui qui a l'air de l'être et se présente, lui-même, comme tel ? N'est-ce pas plutôt celui qui, avec une certaine candeur, sachant sa nature de malotru, ne cherche pas à la cacher sous les masques d'un gentilhomme ? La franchise n'est-elle pas préférable à la dissimulation des tartuffes ?

Un journaliste osa même, chose rare, faire référence aux Évangiles. Il déclara, un soir, au grand étonnement du plateau télévisé du 20 heures : *« Jésus disait : " Méfiez-vous des scribes, qui tiennent à sortir en robes solennelles et qui aiment les salutations sur les places publiques, les premiers rangs dans les synagogues, et les places d'honneur dans les dîners. Ils dévorent les biens des veuves et affectent de prier longuement ; ils seront d'autant plus sévèrement condamnés "*[3] ». Il faut dire, à la décharge de ce journaliste, qu'il faisait partie de la rédaction d'un journal chrétien.

Un autre se contenta simplement de citer Molière, mais il enfonça encore plus sévèrement le clou que son prédécesseur en récitant la tirade de Dom Juan à Sganarelle : *« Il n'y a plus de honte maintenant à cela : l'hypocrisie est un vice à la mode, et tous les vices à la mode passent pour vertus. Le personnage d'homme de bien est le meilleur de tous les personnages qu'on puisse jouer aujourd'hui, et la profession d'hypocrite a de merveilleux avantages. C'est un art de qui l'imposture est toujours respectée ; et quoiqu'on la découvre, on n'ose rien dire contre elle...* [4] ».

Jamais de telles insinuations sur les malices cachées de nos hommes politiques n'avaient si cruellement été mises en lumière. Toutes ces questions en vinrent à agiter le corps social tout entier. Jusqu'alors, les recettes simplistes avaient rempli leur office et les frontières entre ce qui est bien et mal étaient délimitées clairement dans les discours. Mais où allait-on, s'il fallait que les bonnes gens s'interrogent en permanence pour apprécier la valeur des uns et des autres ?

Mais alors, quelles lois promulguer si la ligne de partage ne se faisait plus comme à l'accoutumée ? Que faire, si l'on en venait à penser que chaque homme avait sa part d'obscurité ? La ligne démarquant le bien et le mal se trouvait-elle en chacun de nous ? N'était-il pas plus commode d'avoir, comme

[3] Évangile de Jésus Christ selon saint Marc (Mc 12, 38-44).
[4] Molière, Dom Juan, Acte V, scène 2.

jadis, d'un côté les bons et de l'autre les méchants ? Les choses étaient devenues tellement complexes à penser qu'elles dépassaient l'entendement commun.

Fort heureusement, tout le monde n'était pas porteur d'idées aussi pessimistes. D'autres groupes de travail citoyens, réunis jusque dans les plus petits cantons, assistaient eux aussi à des réunions organisées en raison de la démocratie participative qui permettait à tout un chacun de faire évoluer le débat. Tout le monde, ici où là, pouvait donner son avis pour ouvrir des pistes de réflexion plus fécondes. Ces échanges citoyens eurent le mérite de remettre au goût du jour la véritable conception altruiste du monde : celle de la fraternité entre les peuples et du partage effectif des ressources de la planète entre tous les hommes.

Le fait que les richesses du monde ne soient détenues que par quelques grands groupes financiers mettait beaucoup de gens hors d'eux-mêmes et les poussait à manifester leur courroux jusque dans les rues et sur les places publiques. Une nouvelle révolution des cœurs était en route, fondée sur la générosité spontanée de l'Homme, qui n'était pas aussi noir que la précédente conception le laissait entendre. Selon cette conception toute rousseauiste, l'Homme était naturellement bon et c'était le luxe de la société dégénérée qui l'avait corrompu. Le mal ne venait pas de la nature humaine, mais de sa dépravation. Ce trait de caractère était particulièrement appuyé chez les bourgeois.

Ce fut alors que tous les indignés de la planète, à juste titre et comme leur nom l'indique, s'indignèrent. Lors de défilés mémorables, ils scandaient leur vision du monde à venir. *« Non au pouvoir de l'argent. Non aux ravages de la finance.*

Non à la pollution de notre terre. Non aux scandales de la corruption des élus. Oui, il existe des hommes politiques vertueux, honnêtes et compétents. La faute d'un seul ne peut être portée au débit de tous... »

L'espoir d'un monde meilleur bâti par les bons existait donc toujours. Cette idée n'avait-elle pas amélioré les conditions de vie du monde occidental ? L'éclat de la raison, hérité du siècle des Lumières, n'avait-il pas vaincu pour toujours l'obscurantisme hérité des temps anciens, véhiculé par les religions à l'origine de toutes les violences ?

Les visions contradictoires s'entrechoquaient sans que puissent être envisagées ni une entente ni une issue. Les uns, pessimistes et peu convaincus par la bonté fondamentale de l'Homme, avaient tendance à laisser faire le marché sans guère s'offusquer de ses dérives. Les autres se dressaient de toute la force de leur âme pour affirmer le contraire et s'indigner publiquement de ses pratiques frauduleuses. Si l'on ajoute, à ces deux camps, les communautés qui faisaient entendre leurs revendications sur les places publiques et les individus isolés, lassés des idéologies qui cherchaient seulement à tirer du mieux possible leur propre épingle du jeu, alors on aura une idée de la fragmentation de notre société naguère si soudée. Sans parler des partis extrêmes, de part et d'autre de l'échiquier politique, qui tenaient, eux aussi, à faire valoir leur vision du monde.

Le pays devenait ingouvernable. Comment, en effet, conduire les affaires de la nation, si les positions des uns et des autres étaient si contradictoires qu'aucune ne pouvait être satisfaite ? Le parti s'aperçut rapidement du risque qu'il y avait à voir les gens trop réfléchir par eux-mêmes et partir dans tous les sens, comme les molécules dans un bocal. Que penser ? Que proposer ?

Que faire ? Sans aller jusqu'à *« vendre aux gens du temps de cerveau humain disponible »*, comme l'avait dit, jadis, le représentant d'une chaîne télévisée, il convenait de stopper cette pléthore de pensées subversives sans queue ni tête et de les canaliser dans un cadre plus consensuel.

L'idée d'élaborer un projet clair, cohérent et compréhensible pour tout un chacun fut résumée à haute voix par un élu de la majorité, Pierre Rosette-Delamaison, qui ne mâcha pas ses mots, un soir de réunion :

— Nous sommes sur une pente fatale pareille à un toboggan. Ça va être le bordel dans tous les coins de l'hexagone. Vous voyez bien que les gens disent et font n'importe quoi. Dans la rue, sur la toile, chacun peut mettre en ligne des événements invérifiables, sans être inquiété. À quoi serviront les journalistes, dans le futur, si n'importe quel quidam pond de fausses informations qui font le buzz en moins de temps qu'il ne lui en faut à lui, pour ouvrir le matin son dossier de presse ? Et les parlementaires ne sont pas mieux lotis. Eux aussi vont finir au chômage, si les lois aussitôt promulguées sont contestées et défaites par la rue…

Toute l'assemblée se tenait coite dans la salle. Ils étaient venus nombreux, pourtant, de tous les coins de France, pour la session extraordinaire du parti ouverte ce jour-là. L'orateur, encouragé par le silence de ses camarades, continua :

— Voilà… J'ai beaucoup réfléchi… Il nous faudrait un autre système… Une autre façon de voir… Une nouvelle manière de présenter les choses… Et dans le fond, je crois bien avoir trouvé. Vous savez ce qui nous manque ?

Personne n'en avait la moindre idée. Ce qui permit à l'homme de poursuivre.

— Voilà les deux éléments qui sont susceptibles de nous sauver du désastre. Je vais vous le dire, ce qui nous fait défaut. Primo, un homme providentiel… Un homme providentiel, dis-je, capable d'incarner à nouveau le bien et apte, par son charisme et sa position phare, à faire souffler sur le monde un vent de ré-enchantement. Deuzio, un nouveau logiciel politique simple et facile à comprendre. Si ces deux choses sont bien agencées, elles s'avéreront parfaitement complémentaires. C'est alors seulement que les citoyens pourront s'appuyer sur des bases solides et claires, sans avoir l'impression de marcher en permanence sur un champ de mines.

— Tes idées sont bonnes et tu les exprimes avec la force de la conviction ! Pourquoi n'incarnerais-tu pas ce renouveau ? lui demanda un des participants.

— Impossible, répondit Pierre Rosette-Delamaison.

— Et pourquoi donc ? demanda un autre.

— Mon amitié avec le Président rendrait ma candidature suspecte et ferait capoter le projet.

Après ce discours mémorable, le chemin à parcourir s'éclaircissait. Tout le monde était bien conscient que Pierre Rosette-Delamaison, dans l'ombre, continuerait à jouer le rôle d'éminence grise. Il était impossible de laisser de côté un aussi prestigieux pontife, qui avait participé dans le temps à poser la première pierre de l'édifice du parti démocratique de progrès.

Pour l'heure, rien n'était encore réglé. Le chemin avait été tracé par Pierre Rosette-Delamaison, mais l'avenir esquissé dans son discours restait à construire. Le temps était donc venu d'explorer les deux pistes ébauchées et de les faire vivre. Non seulement il fallait trouver l'homme qui apporterait le salut, ce qui n'était pas une mince affaire, mais il convenait également de lui fournir un nouveau logiciel politique. Un logiciel… Un logiciel performant… Un nouveau logiciel…

Ce mot était présent dans toutes les bouches et répété à l'envi, tant il semblait devoir apporter une solution aux idées devenues défaillantes Qu'est-ce qu'un logiciel ? Là encore, les experts furent consultés sur ce mot, dérivé de l'informatique, appliqué par extension à la pensée politique et expliqué lors des débats… Les plus curieux se précipitèrent sur Wikipédia pour s'informer et y trouvèrent en un seul clic la définition recherchée :

En informatique, un logiciel est un ensemble d'informations relatives à des traitements effectués automatiquement par un appareil informatique… Les logiciels, suivant leur taille, peuvent être développés par une personne seule, une petite équipe, ou un ensemble d'équipes coordonnées.

Bien sûr, le terme de « logiciel » n'était là que pour aiguiller les esprits vers une solution cartésienne. Il ne s'agissait pas, bien évidemment, de construire un vrai logiciel tel qu'on le voit dans la gestion d'une entreprise, par exemple. Personne n'était assez fou pour penser qu'un logiciel pouvait représenter une solution miracle aux problèmes posés par le pays.

Non, c'était le mot lui-même qui comptait. Un mot nouveau, moderne, riche de sens, en quelque sorte branché sur l'air du temps. Ce n'était pas seulement un mot à la mode. Que non pas ! Le mot « logiciel » évoquait un signe, une balise, un chemin à suivre pour amener plus de clarté dans les propositions politiques. Trouver une solution rationnelle, limpide pour la pensée et facile à comprendre pour le public. Voilà ce qu'il convenait d'apporter à la politique. Voilà l'utilité nouvelle de ce mot emprunté à un autre univers, l'univers scientifique. Tout le monde en convenait. Le pays avait besoin d'un nouveau logiciel, suffisamment pensé à l'avance pour ne pas produire ces fameux bugs dont les conséquences fâcheuses ne feraient qu'exaspérer davantage l'opinion.

La rue s'empara de l'affaire pour participer, à sa manière, à l'élaboration du projet. Des banderoles furent alors déroulées dans de vastes défilés donnant idée des slogans de la vie future. Les manifestants étaient unanimes. Il fallait un choc. Plus exactement plusieurs chocs. Il y avait eu jadis un choc de normalité qui avait ébranlé les consciences coupables. Aujourd'hui, la nécessité de plusieurs chocs successifs ou concomitants se faisait sentir. Une série de chocs égrenés en six points :

1. Choc des consciences.
2. Choc de probité et de vertu.
3. Choc d'exemplarité.
4. Choc de simplification.
5. Choc de fiscalité.
6. Choc écologique.

Une pancarte en tête de cortège résuma la situation. On pouvait y lire cette citation d'Albert Einstein : *« Il devient indispensable que l'humanité formule de nouveaux modes de pensée si elle veut survivre et atteindre un plan plus élevé. »*

Restait à trouver l'homme adéquat, l'homme providentiel capable de satisfaire, de la meilleure des façons, le troisième point – l'exemplarité –, ce qui était tout de même le point crucial de l'affaire. Que faire ? Qui prendre ? Tout le monde politique avait été éclaboussé… et plus personne n'avait grâce aux yeux du peuple, qui ne pensait plus, sauf miracle, trouver l'oiseau rare, c'est-à-dire une personne crédible.

Chapitre 4 – Le choix d'un homme providentiel

C'est alors que le parti eut une idée. Devant la décision urgente qu'il convenait de prendre, les cervelles des cadres dirigeants se réunirent en petit comité pour désigner un nouveau candidat. Les idées fusaient de toute part, mais retombaient à plat sans qu'aucune ne soit féconde.

Qui donc connaissait un homme indemne de tout soupçon ? Un pur, un vrai, un vieux de la vieille qui n'aurait jamais trempé dans aucune histoire ! Les noms défilaient sans qu'aucun d'entre eux puisse être retenu. L'un était trop jeune et n'avait pas fait ses preuves, un second avait écopé d'une mise en examen, un troisième avait grillé ses cartouches dans une transaction louche. Personne ne semblait faire l'affaire et l'on tournait en rond.

C'est alors qu'un nom, inconnu de tous, sortit du chapeau. *Anastase Martin.*

Anastase Martin ? Mais, qui c'est ? Qui c'est ?

Chacun posait la question à l'oreille de son voisin pour ne pas avoir l'air ignorant aux yeux des autres, d'autant que le collègue qui avait fait cette proposition inattendue n'avait guère brillé jusque-là par sa participation active aux assemblées.

L'homme qui avait sorti, comme d'un chapeau magique, le

nom d'Anastase Martin s'appelait Robert Clairefontaine. Personne ne connaissait ni Martin ni Clairefontaine. *« Deux illustres inconnus... Avec ça, on est bien avancés... ! Faire appel à des citoyens lambda, on aura tout vu ! Il nous manquait plus que ces deux quidams pour tomber de Charybde en Scylla... Bientôt, ce sera le tréfonds de l'abîme... »*

Les bavardages allaient bon train quand le modérateur de la réunion, Rosette-Delamaison, toujours présent lorsque l'urgence réclamait son savoir-faire, imposa à tous le silence. Rosette-Delamaison, en vieux routard du parti, savait jauger au premier coup d'œil les qualités des hommes.

Or, il avait eu, à maintes reprises, l'occasion de voir le jeune Clairefontaine à l'œuvre et avait apprécié sa disponibilité et ses compétences dans les situations de crise. La semaine précédant la réunion, il lui avait demandé de bien vouloir réfléchir au choix d'un homme sérieux, apte à les sortir de l'ornière.

Robert Clairefontaine, comme à l'accoutumée, n'avait pas ménagé sa peine pour satisfaire la demande qui lui avait été formulée par son supérieur. Après avoir consulté les archives et annuaires du parti, pris des renseignements auprès de ses réseaux, il pensait avoir trouvé une piste sérieuse.

Encore fallait-il qu'elle soit validée par les cadres supérieurs du parti, toujours prompts à critiquer les idées qui n'émanaient pas de leur cercle. Après avoir rétabli le calme dans la salle de réunion, Rosette-Delamaison intima à Clairefontaine d'expliquer son point de vue à tous et de dire comment il avait réussi à sortir des oubliettes de l'histoire le nom de ce Martin dont personne n'avait jamais entendu parler.

Robert Clairefontaine reprit son exposé. Clairefontaine… Clairefontaine… Son nom avait une consonance si limpide qu'il arrivait toujours, à l'insu de son propriétaire, à chantonner dans l'esprit de ses détracteurs. Ce nom, en ces temps de grisaille, lança un message subliminal de retour aux sources dont tout le monde avait grand besoin. Il résonna dans les têtes comme un ruissellement d'eau fraîche, une chanson du passé et la senteur d'un cahier neuf d'écolier.

Du coup, le silence se fit dans les rangs précédemment ironiques de ses collègues, alors qu'ils étaient pourtant mécontents de ne pas avoir fait, eux-mêmes, la trouvaille d'un nom qui fasse l'unanimité.

Au cours de ses recherches, Clairefontaine avait retrouvé sur d'anciennes revues de presse un article élogieux vantant les mérites d'un jeune manifestant issu des jeunesses étudiantes qui, d'après l'auteur de l'article, présentait des qualités de discernement et de droiture rares chez un étudiant aussi jeune – à peine seize ans. Cet Anastase Martin avait participé aux événements de Mai quelque soixante ans plus tôt. Le journal relatait que le jeune homme avait été hissé par ses camarades sur une barricade d'où il avait prononcé un discours mémorable, dont certains extraits figuraient dans le journal jauni.

Après avoir lu devant l'assemblée – qui maintenant ne pipait mot – les extraits du journal en question, Clairefontaine reprit son exposé.

Il renseigna ses collègues sur les minutieuses recherches complémentaires qu'il avait effectuées sur le jeune manifestant perdu de vue. Comme il fallait s'y attendre, c'est en menant ses investigations sur les réseaux sociaux et tout particulièrement Facebook qu'il avait retrouvé, par une chance inouïe, la trace de cet homme oublié du monde politique.

Au vu des informations que celui-ci avait postées sur son mur Facebook, Clairefontaine se rendit compte qu'Anastase Martin avait un profil qui conviendrait pour mettre au point un programme politique de qualité. Il postait, à l'intention de ses amis facebookiens, des citations de grands auteurs, tels Montaigne ou Rousseau… À première vue, il semblait donc un parfait honnête homme.

Des recherches complémentaires dans des revues spécialisées en philosophie et en sociologie politique confortèrent Clairefontaine dans sa première impression. L'homme avait publié nombre d'articles, restés confidentiels certes, mais qui témoignaient de ses qualités d'analyse et de synthèse et donc de la clarté cartésienne de sa pensée… Après avoir attentivement étudié l'ensemble des documents en sa possession, Clairefontaine fut convaincu. Anastase Martin était bien un homme de qualité qui semblait remplir tous les critères de performance recherchés. Discrétion, honnêteté, esprit logique, que demander de plus ?

Un coup d'œil supplémentaire au profil de l'entreprise d'État dans laquelle il avait mené l'essentiel de sa carrière rassura les cadres dirigeants du parti. Un coup de fil discret fut donné aux autorités de la ville où il résidait, qui confirmèrent de vive voix la valeur et la parfaite probité de l'homme recherché.

L'argumentaire développé devant les cadres du parti convainquit tout le monde, y compris les récalcitrants du départ et les jaloux. Surtout lorsque Clairefontaine développa son intuition concernant l'absolu incognito de Martin. Personne n'avait jamais rencontré Martin. Personne ne soupçonnait son existence. Une aubaine pour le parti ! Cela sautait aux yeux…

Quel visionnaire inspiré, ce Clairefontaine ! Que n'avait-on songé plus tôt à faire ce magistral coup de pub ? L'anonymat, qui jusqu'à présent, avait toujours été présenté comme un inconvénient, devint subitement aux yeux de tous un avantage.

Un anonyme ! Un inconnu ! Quelle idée formidable ! Voilà l'homme qu'il nous fallait ! Surtout qu'il y avait eu des précédents dans l'histoire de notre pays. N'avions-nous pas eu autrefois, un cas presque similaire, celui d'un homme normal, qui du fait même de sa « normalitude » – mot devenu à la mode par la suite – avait été choisi pour briguer le plus haut poste de prestige de l'État ? Sa « banalitude » qui aurait dû, en d'autres temps, le desservir, n'était-elle pas devenue une moderne façon de séduire, puis un slogan de campagne et finalement un atout ? Alors, l'anonymat, pensez ! C'était un cran en dessous du normal, mais, pour cette raison même, un trait de génie !

Pour mieux expliciter sa pensée, Clairefontaine, qui manifestement avait préparé dans le détail sa prestation, se dirigea vers le tableau présent dans la salle, prit un feutre et entreprit de faire un dessin. Oh ! Pas une illustration grandiose ! Non. Un simple petit croquis représentant une sorte d'échelle graduée. En face de chaque échelon, il inscrivit des mots.

L'échelle est représentée ci-dessous, fort maladroitement :

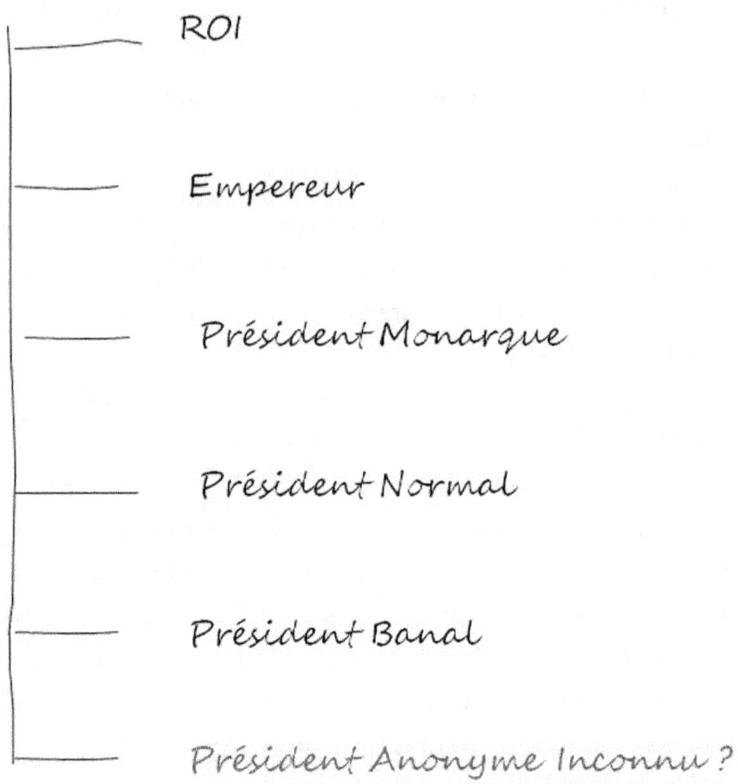

Clairefontaine justifia son dessin – dessein ? – : *« Voilà... La France, à la suite de la Révolution, a toujours aimé, à juste titre, faire comprendre aux puissants la vanité et l'inutilité d'un pouvoir concentré sur une seule tête. Dans l'échelle du pouvoir exécutif, le roi, comme vous le savez tous, a perdu la sienne pour de bon (rires feutrés...). Vous le voyez donc en haut de l'échelle. J'ai figuré ensuite par ordre descendant des graduations, l'empereur, le président monarque de la République, le président normal, puis le président banal que nous avons élu par la suite, en raison de l'application des principes suédois. Pourquoi ne pas mettre sur le barreau du bas, un inconnu anonyme ? Je l'ai*

coloré de rouge... Mon petit croquis vaut ce qu'il vaut. Parfois, une simple image est plus éclairante qu'un long discours... »

Après un raclement de gorge, Clairefontaine regagna son siège auprès de Rosette-Delamaison, qui lui fit un petit signe de connivence. Les membres du parti hochaient la tête en signe d'approbation. Ils comprenaient parfaitement le dessein de Clairefontaine et trouvaient que son dessin reflétait de façon parfaite les choix passés. La préfiguration du futur, inscrite en rouge au bas de l'échelle, était frappante. Comme si, de tout temps, la tendance naturelle de ce baromètre avait été de faire descendre intentionnellement d'un degré la qualité du nominé.

Tous furent alors unanimes : cette chute d'un cran, comme on aurait pu de prime abord le croire, ne modélisait pas une régression vers le bas, mais au contraire symbolisait, aux yeux de tous, la promesse d'un réel progrès. Le progrès n'était-il pas l'un des principes fondateurs de ce parti ? Le principe d'égalité ne nécessitait-il pas que l'on abrase toutes les compétences jusqu'à niveler les plus grands au niveau de tout un chacun ? Atteindre ce minimum ne permettrait-il pas de s'élever au summum ? Ce bas étiage ne signerait-il pas, contrairement au sens commun, son apogée ?

Tout semblait marcher sur des roulettes. Rosette-Delamaison félicita l'intervenant pour son initiative, ses recherches, son esquisse au crayon très explicite et son exposé clair et satisfaisant. Il fut tellement applaudi que le vote se fit, événement rare, à main levée. Organiser une primaire était risqué et superflu. Anastase Martin serait le candidat du parti, *sans vote* préalable des militants. Le marché était donc presque conclu.

Le seul point négatif de l'affaire semblait être la timidité de l'homme et son âge avancé, plus de soixante ans. Ces deux points furent soulevés en fin de réunion, quand la tension descendit elle aussi d'un cran, après les révélations de l'orateur. Mais les objections firent long feu et furent balayées d'un revers de main. En effet, le peuple n'avait-il pas été lassé des hommes politiques au super-ego, aux déclarations démagogiques et au look soigneusement entretenu ? Le jeunisme de la société n'avait-il pas fait son temps ? Ne fallait-il pas se tourner vers quelque vieux sage, expérimenté, dont les tempes grises rassureraient davantage la population que les cheveux bruns, parfois grisonnants, mais habilement teints de certains quinquagénaires ? Timidité et grand âge. Ces deux défauts n'en étaient pas et se révélaient être, pour l'occasion et pour les besoins de la cause, qualités.

La partie était cependant loin d'être gagnée… Comment faire sortir de son paisible anonymat un homme d'un certain âge qui n'a rien demandé ? Sous quel prétexte l'approcher et par quels arguments l'amadouer pour finalement le convaincre ? Trois experts en psychologie du parti, diplomates de surcroît, ayant dénoué par le passé quelques situations sans issue, furent missionnés pour mener à bien cette opération délicate. Cette délégation d'élus alla donc le chercher dans la région de province dans laquelle il avait fait le choix délibéré de vivre sa vie.

Notre brave homme était loin de se douter de l'aventure qui allait lui être donnée à vivre ! Anastase – du grec « anastasis », qui signifie « renaissance, résurrection », prénommé ainsi par sa mère, chrétienne à ses heures et éprise de belles lettres – entendit un jour son téléphone sonner.

Tiens, se dit-il, qui donc m'appelle à cette heure ?

Renaissance ! Résurrection ! Quel prénom ! Ne présageait-il pas des lendemains glorieux ?

Chapitre 5 – Une rencontre tenue secrète

Il nous faut à présent faire une pause dans le déroulement du récit. Une pause ? Pourquoi ? Parce que tout bascule à ce moment précis, qui devient, de ce fait, le pivot central de l'histoire.

En effet, toute la stratégie du parti reposait sur l'acceptation ou le refus d'Anastase Martin à la proposition qui lui serait faite ! Il dirait « oui » ou il dirait « non ». Or – et ceci avait bien été intégré dans les calculs des prévisionnistes de tout poil – il était hautement improbable, malgré ses qualités évidentes, que cet illustre inconnu acceptât une charge aussi lourde. Tout le monde dans les hautes sphères de l'exécutif avait bien conscience de cela.

En quelque sorte, le parti jouait sa dernière carte, son va-tout. Si l'homme, choisi par ses soins, opposait un refus catégorique au projet, c'en serait fini des ambitions du parti à diriger le pays. Disons que le « oui » avait cinq chances de l'emporter et le « non », quatre-vingt-quinze. Avec un si faible pronostic, la partie était presque perdue d'avance. Mais, en revanche, la carte jouée était un joker fabuleux… Si celui-ci sortait, la victoire était au bout du chemin.

Tout reposait sur les épaules du groupe d'émissaires envoyés auprès de la « cible ». L'homme à qui fut confiée la mission de rencontrer puis de convaincre le sieur Anastase avait tout pour séduire. Une voix grave et belle, avec cette intonation toute particulière des hommes sachant, tout à la fois, user de leur autorité et de leur charme, et y mettre un zeste de bonhomie – ce qui, dans le cas particulier semblait hautement souhaitable. Les inflexions de sa voix étaient si veloutées que l'on aurait pu y déceler une onctuosité affectée. Son timbre profond laissait présager, avant de le voir, un homme élégant, à l'allure bien mise, esthète à ses heures. Il s'appelait Belombrage. Jean-Hubert Belombrage, sénateur de la Haute-Vienne…

C'est à ce moment précis que le fléau de la balance pencha d'un coup du bon côté. Car, après la rencontre entre Martin et Belombrage, l'improbable se produisit. Le provincial lauréat, contre toute attente et pour une raison non explicitée, répondit « oui » à la requête, faisant ainsi mentir toutes les prévisions. Que se passa-t-il dans la tête du rustique inconnu ? Nul n'est en mesure, encore aujourd'hui, de le dire.

Notre homme, anonyme, obscur, sans aucune préparation, accepta la proposition des diplomates dirigés par le sieur Belombrage. Est-ce le nom poétique du sieur Belombrage qui fit pencher la balance vers le « oui » ? Les feuilles touffues de son patronyme ombragé dérobèrent-elles le ciel de la lucidité à notre bougre d'homme ? Personne ne sut si les émissaires eurent de longs argumentaires à développer pour le convaincre… En tout cas, nul ne s'en fit l'écho. Nul ne le rapporta. Les diplomates demeurèrent cois et n'en soufflèrent mot.

Pourquoi ce silence subit chez des politiques d'ordinaire amateurs de belles paroles et d'effets de manches ? Avaient-ils reçu des consignes de mutisme en haut lieu ? Toujours est-il que l'aphasie fut la règle, y compris chez Belombrage, privé pour une fois de l'éclat de son éloquence. Motus et bouches cousues. Rien ne filtra. Aucune trace de l'entretien ne subsista. Rien ne sortit dans la presse, ni de l'entretien ni de la plus formidable partie de poker que Jean-Hubert venait de remporter. En ces périodes où le moindre propos calfeutré, émis en voix « off », se retrouve en ligne et sur toutes les ondes, l'exploit du silence absolu était donc de taille. En n'en soufflant mot à quiconque, Belombrage et ses sbires réussirent un coup qui dépassa toutes leurs espérances.

Les journaux du lendemain, sans cependant connaître le fin mot de l'histoire, eurent vent du résultat de l'entrevue. Frustrés de ne rien savoir de son contenu, ils n'avaient, en tout et pour tout, que ce « oui » à diffuser. Un « oui » d'importance, certes, mais qu'il n'était nullement possible de commenter. Impossible, dans ces conditions, de diffuser une information de qualité. Pris de court, ils diffusèrent l'information dans toutes les langues : Oui… Yes… Ya… Si… Da… sans pouvoir en dire davantage.

Les questions de fond restaient sans réponses. Les hypothèses et rumeurs non confirmées tournaient en boucle dans les médias. *« Pourquoi donc cet inconnu avait, sans compétences particulières, accepté d'occuper un poste aussi prestigieux ? Avait-on affaire à un naïf peu au fait de la chose politique ? Ou a contrario à un illuminé, utopiste comme ces jeunes gens qui défient la puissante Amérique par des lancers d'alertes au monde entier ? Sa vie morne et ratée pouvait-elle expliquer son acceptation incongrue ? Sa jeunesse avait-elle été sous-tendue par des idéaux chevaleresques brimés par une vie médiocre et donc non aboutis ? S'ennuyait-il avec une épouse infidèle ? »*

Privés de renseignements et d'interprétations valides, les médias people et les tabloïds concentrèrent leurs tirs sur l'élu et en firent leurs choux gras. Les sobriquets à son encontre ne manquèrent pas. *« Recherche Nobody désespérément ». « On se lèvera tous pour Martin ». « Monsieur Personne à la barre ». « L'anonyme de service sorti de son trou ». « Après le banal, voici l'anonyme ».*

« Les Histrions[5] de l'info », émission télévisée particulièrement irrévérencieuse avec les politiques, enflamma les imaginations. Belombrage et Martin devinrent les deux têtes de Turc du moment. On pouvait y voir la marionnette de monsieur Belombrage paradant, tel un paon, sur la scène devant celle d'Anastase, campé en pitoyable français moyen, poivrot de surcroît, portant béret sur la tête, baguette de pain sous le bras et attablé au comptoir d'un bar de quartier devant un verre de pinard. Sa lamentable marionnette avait pour surnom Anastase le Bienheureux…

La *Suédisation* de notre vie politique n'avait fort heureusement pas interdit notre légendaire humour national, fût-il lourd ou extrêmement désobligeant pour les personnes ciblées par les sarcasmes.

En raison de ce ramdam médiatique, plusieurs questions couraient sur toutes les lèvres. « L'intéressé a-t-il connaissance des titres irrespectueux des journaux ? Visionne-t-il en temps réel ou en podcast les sketches cinglants présentés lors des émissions ? Ne risque-t-il pas d'abandonner aussi sec ses

[5] Histrions : clowns, marionnettes, guignols.

velléités présidentielles, au vu des moqueries mordantes dont il est l'objet ? »

La seule explication plausible à son maintien dans la course présidentielle, alors qu'il ne devait certes pas être préparé à cette avalanche de quolibets, était que le parti avait dû mettre le bonhomme dans une sorte d'isolement. L'idée selon laquelle c'était le parti qui avait organisé sa mise à l'écart fut confirmée par la suite, par une indiscrétion d'un membre de la commission qui se fit illico remonter les bretelles et fut immédiatement radié du parti.

Mais le mal était fait. Personne n'ignorait plus que les plus hautes instances avaient décidé non seulement de ne rien laisser filtrer de leur manœuvre de persuasion, mais également de dérober à la vue des curieux l'homme sélectionné en l'installant dans un endroit de villégiature coupé du monde.

Certaines rumeurs affirmèrent qu'Anastase Martin s'était retiré dans un monastère de la Chartreuse pour se recueillir et se préparer à assumer les plus hautes charges, d'autres qu'il avait été embarqué sur un yacht au large de côtes dalmates pour peaufiner son programme.

Ces deux hypothèses n'étaient absolument pas dénuées de fondement, car, par le passé, certains prétendants à la candidature suprême s'étaient ainsi retirés du monde pour s'y préparer. Pour l'heure, nul, en réalité, ne savait où était passé le bonhomme ni s'il avait accepté de bonne grâce cette réclusion forcée. Et chacun d'ajouter… que les deniers de l'État n'étaient pas récoltés pour en faire de tels usages.

Le parti avait pris la décision de ne pas répondre aux critiques de ses adversaires ni aux questionnements que le peuple, à juste titre, se posait… Bien mieux, ce parti – au vu de la curiosité que suscitait l'absence de renseignements et conforté par les sondages qui le mirent soudain en tête de tous les tops de popularité – décida de prolonger ce mutisme et de l'adopter comme stratégie de campagne. Il était impossible de confirmer ou d'infirmer les rumeurs en nombre qui couraient. Les fins limiers des rédactions et des blogs en tout genre cherchaient la moindre trace sans rien pressentir ni trouver.

Chaque piste ouverte tombait sur une impasse. Il y avait comme un trou. Un manque, une absence. À la place des discours et des films d'hommes politiques pris sur le vif de leur quotidien – cuisinant un steak avec leur compagne, courant en slip de bain sur une plage normande, glissant un baiser furtif à leur aimée sur un marché – à la place de tout cela, il n'y avait rien. Un discours muet, sans mots, sans images… Un silence assourdissant. Une présence absente. Le rien. Le néant.

Aucune agence de communication – ou coach d'homme politique – n'avait jamais songé à mettre en scène avec une telle acuité la présence du rien, la fabuleuse importance de l'inexistant.

L'homme choisi restait implacablement inconnu, anonyme, muet, invisible. Un homme normal. Plus que normal. Blanc. Plus blanc que blanc. Transparent. Translucide.

Il n'en fallut pas plus pour animer les passions. Ce trou silencieux, profond comme un abîme, sans contours définis, attisait le désir. L'envie psychanalytique de le combler. L'envie d'y plonger pour trouver quelque chose, l'impatience de savoir… de toucher l'obscur objet et d'en finir avec cette insoutenable vacuité de l'être.

Tout de même, on avait quelque chose à se mettre sous la dent. On avait au moins deux grains à moudre. Son nom et son prénom. Les experts des médias, privés d'annonce alléchante, brodaient à l'infini sur son patronyme et son petit nom.

Le nom tout d'abord. Martin. Quoi de plus banal en France que de s'appeler Martin ! Que penser de ce Martin ? Ce patronyme disait-il quelque chose de la personnalité de celui qui le porte ? Les experts en caractérologie défilèrent pour expliquer que le destin d'un homme peut être dicté en filigrane par son nom : *« Beaucoup de publications l'attestent. Le nom, porté depuis la naissance, reste gravé dans la mémoire d'un enfant et peut influer sur son comportement d'adulte. C'est un fait reconnu, désormais. »* En tout cas, faute de grain plus sérieux à mâcher, on avait toujours celui-là. Les hommes politiques de jadis faisaient appel à des voyantes pour leur prédire l'avenir. Pourquoi pas des caractérologues, après tout ?

Pourtant, le mot « Martin » ne se prêtait pas à de pénétrantes et brillantes interprétations symboliques qui auraient pu mettre les chercheurs sur une piste crédible. Les seules expressions françaises courantes faisant état du mot « Martin » n'étaient guère à l'avantage de ce patronyme si usité dans notre pays. Pas un seul poète grandiose, comme Victor Hugo ou Alphonse de Lamartine, n'avait transcrit dans ses alexandrins ce patronyme. « Martin ».

Seuls les vieux proverbes français en avaient gardé la mémoire : *« Il y a plus d'un âne à la foire qui s'appelle Martin »*. Un autre proverbe, moins directement agressif pour le nom, restait cependant problématique *« Pour un point,*

Martin perdit son âne ». Martin était ici le propriétaire de l'âne et non l'âne lui-même, mais cela ne changeait pas grand-chose à l'interprétation désobligeante que l'on pouvait en faire. Et que dire du refrain de cet ancien troubadour[6], qui reprenait jadis sur sa guitare cette strophe :

Pauvre Martin, pauvre misère,
Creuse la terre, creuse le temps,
Il creusa lui-même sa tombe,
En faisant vite, en se cachant,
Et s'y étendit sans rien dire,
Pour ne pas déranger les gens.
Pauvre Martin, pauvre misère,
Dors sous la terre, dors sous le temps.

Fort heureusement pour eux, les Martin avaient eu aussi leur heure de gloire. On se souvient de saint Martin qui, par temps de grand froid, coupa son manteau en deux pour en revêtir un indigent transi. Le Christ, en personne, apparut à Martin la nuit suivante, revêtu de ce bout de manteau. Cette cape devint si célèbre qu'elle donna par la suite son nom au mot « chapelle », pièce dans laquelle le manteau était placé pour être adoré par les fidèles. Cette histoire, à elle seule, ne rattrapait-elle pas la piètre réputation que donnaient à penser les exemples précédents ?

Sans parler des hommes éminents qui sauvent l'honneur de tous les Martin par la noblesse et la dignité de leurs actions. Martin Luther, à l'origine d'une importante réforme religieuse en Allemagne et Martin Luther King, pasteur américain,

---

6 Chanson de Georges Brassens.

adepte de la non-violence, ayant obtenu le prix Nobel de la paix…

Le mot « Martin » n'ayant pas permis d'interprétation suffisamment convaincante sur le caractère de l'inconnu – que tout le monde cherchait à cerner –, les exégètes de toutes obédiences se tournèrent vers son prénom « Anastase » sans obtenir plus grand succès. Comme nous l'avons déjà dit plus haut, « Anastase » est un mot grec qui veut dire « résurrection » ou, si l'on préfère un mot plus simple, « né une nouvelle fois ».

Un équivalent grec de notre « René » qui, comme son nom l'indique, est né une seconde fois, mais lui, sans en avoir vraiment l'air, car peu de personnes font des recherches étymologiques à son sujet. Tandis qu'Anastase ! En voilà un prénom qui, lui, avait belle allure, à la différence de René !

Autant René était un nom prisé dans notre pays, autant le prénom Anastase faisait défaut dans notre tableau de célébrités. Aucun Anastase français, à notre connaissance, n'avait eu un destin national. Ce n'était que dans les pays orthodoxes que ce prénom restait usité et encore de façon assez parcimonieuse, par les Empereurs et patriarches byzantins – Anastase Ier, Anastase II – et certains papes et antipapes[7]. On se souviendra également d'Anastasia, la fille du tzar Nicolas II et, parmi les contemporains, de l'actrice Nastassja Kinski.

Donc, pas grand-chose de ce côté-là. Et ce mot d'Anastase, même si cela n'avait aucun rapport étymologique,

---

[7] Nom donné aux candidats à la papauté irrégulièrement élus et que l'Église romaine ne reconnaît pas (Larousse).

ne faisait-il pas plutôt penser, du fait de sa consonance, au mot « Anesthésie » qui, pour le coup, fleurait plutôt l'engourdissement que la résurrection ?

Donc, du candidat inconnu, on ne savait presque rien.

Devant le tollé que suscita le manque d'information, les conseils en communication du parti se résignèrent à produire une photo sur laquelle on voyait le quidam. Cette photo, pourtant récente, n'apporta pas grand-chose, si ce n'est qu'elle souligna encore davantage le côté quelconque de l'homme. Il était pris de face, avec un regard fixe, comme sur un cliché effectué par une cabine Photomaton. Sa calvitie prononcée sur le haut du crâne n'était masquée par aucun implant capillaire. Bref, on semblait avoir affaire à un Français plus que moyen.

Les caricaturistes en tout genre s'en donnèrent alors à cœur joie. Rien ne lui fut épargné. Ni comme quolibet ni comme pseudonyme, ce qui le rendait chaque jour un peu plus ridicule. Voyons quelques exemples :

Monsieur Tartempion

Monsieur Michu

Monsieur Duchmol

Les historiens, plus tard, feront l'exégèse et donneront les explications idoines. Dans cette attente, nous devons nous contenter de peu. Le fait était bien là. Pour des raisons énigmatiques, ce monsieur Tout-le-Monde avait accepté la lourde proposition qui lui avait été faite, comme cela arrive parfois chez des gens obscurs qui, tout d'un coup, se mettent dans l'étoffe d'un héros.

Dans *La métamorphose* de Kafka, œuvre écrite au début du XXe siècle, un représentant de commerce, nommé Gregor

Samsa, se réveille – sans qu'aucune explication plausible ne soit donnée – dans le corps d'un monstrueux insecte. Espérons que notre homme ne vivra pas sa métamorphose subite de façon aussi cruelle.

Chapitre 6 – Le programme du candidat

Avant chaque élection de ce type, le parti avait pris pour habitude d'informer le peuple de l'orientation politique à donner au pays en diffusant un programme. Le problème, c'est qu'au fil des années, le nombre de propositions avait tendance à maigrir dangereusement. En quelques décennies, nous étions passés de cent dix à soixante, puis trente, puis vingt propositions. Pourquoi donc les programmes affichés fondaient-ils si piteusement comme neige au soleil ?

Était-ce parce qu'une bonne partie des engagements pris n'avait pas été tenue, voire même avait été réalisée à rebrousse-poil des déclarations ? Le peuple s'était-il lassé, au fil du temps, d'annonces considérées comme mensongères, faute de réalisation des promesses affichées ?

Sans doute les sondages de plus en plus fréquents y étaient-ils eux aussi pour quelque chose. Ils indiquaient clairement, en effet, le peu d'appétence des électeurs pour ce genre de missive à rallonge. En fait, plus personne ne les lisait. Les électeurs n'avaient plus aucune confiance.

Si bizarre que cela puisse paraître pour un pays aussi influencé par la démocratie suédoise, alors que la publication des engagements ne faisait pas recette, la culture du chef demeurait curieusement toujours dans l'air du temps… Même si ce chef, au fil des années, avait fini par perdre pas mal de plumes. Le panache largement décoloré par la banalitude croissante des candidats continuait de flotter toujours dans les esprits.

Donc, lorsque fut venu le temps d'écrire le document pour faire élire le candidat Martin, les dirigeants ne s'embarrassèrent pas d'un programme alourdi. Consigne fut donnée par le parti d'alléger le nombre de promesses qu'on savait irréalisables. Il convenait, en outre, pour les promesses restantes, de demeurer dans le flou afin de ne pas donner prise aux critiques ultérieures qui ne manqueraient pas d'advenir si les espérances étaient déçues.

L'affaire du programme fut rondement menée, en un tour de main et une seule séance… Tout d'abord, l'ensemble des participants se rallia à l'idée de créer un choc et même une série de chocs, comme cela avait été suggéré par les banderoles des manifestants qui désiraient ardemment que le monde bouge… Le concept de ces chocs successifs fut donc étudié avec soin. Pour les chocs dits de « Normalité, de Probité et d'Exemplarité », la solution était toute trouvée. Le choix du sieur Martin répondait à ces trois exigences. Pas besoin d'en rajouter. Nul besoin de les inscrire dans le document.

Là où les choses se corsaient, c'était pour le choc fiscal et écologique. Comment afficher deux engagements si problématiques ? Chacun savait qu'on ne pourrait tenir ces promesses. Entre le poids des lobbys et les défauts d'harmonisation européenne, le chemin était quasi impossible à trouver.

« Ad augustas per angustas » déclama, tout à coup et à voix

haute, Pierre Rosette-Delamaison, sans que personne ne comprenne goutte à son latin. Un silence étonné se fit dans la salle. Satisfait de son petit effet, l'orateur, resté éminence grise du parti, expliqua qu'il s'agissait d'une locution latine qui signifiait, *grosso modo*, que *« de réaliser de grandes (augustes) choses nécessitait de passer par des chemins étroits (angustas) »*.

Après que l'explication fut donnée, tout le monde en apprécia la justesse. Comment résoudre la quadrature du cercle ? Comment parler d'écologie ou de fiscalité sans mentir et décevoir à nouveau ? Les cervelles bouillonnaient sans que quiconque parvienne à sortir le parti de l'impasse. C'est alors qu'un quadragénaire, camarade de promotion de Clairefontaine, se leva pour exprimer sa pensée.

Ouvrons une parenthèse pour éclaircir cette prise de parole à laquelle personne ne s'attendait. Depuis sa prestation précédente, Clairefontaine avait pris du poids dans le parti, au point de devenir incontournable. Sa proposition mémorable sur l'intérêt qu'il y avait à présenter un candidat « lambda » et sa fameuse échelle des monarques, esquissée sur le tableau, avaient fait mouche. Estimant que son poids politique augmentait, Clairefontaine en faisait profiter ses jeunes collègues. L'intégration de son ami au sein de la commission n'avait donc posé aucun problème.

Cette poussée de quadras aux dents longues n'était cependant pas du goût de tout le monde. Voir de jeunes inconnus prendre le pas, par leur jeunesse et la modernité de leurs propositions, sur les autres membres, faisait grincer les vieilles dents. Fort heureusement pour eux, Rosette-Delamaison, opportuniste par nature, avait senti avant tout le monde le vent tourner. Balancer dans les pattes des vieux réactionnaires la jeunesse bouillonnante pour les faire trébucher n'était pas pour lui déplaire.

Le quadragénaire en question s'appelait Verdurien. Alan Verdurien. Rosette-Delamaison lui donna donc, avec délectation, la parole : *« Mon cher ami, exposez-nous votre point de vue »*. À la différence de Clairefontaine, à la sobriété passe-muraille, Verdurien avait un caractère fort et affirmé, visible au premier coup d'œil. Il entreprit donc, avec une très grande assurance, de faire partager sa vision des choses.

— Je ne suis pas féru de culture latine et grecque comme notre maître Rosette-Delamaison. J'ai cependant analysé quelques notions contemporaines que je vais, si vous le permettez, tenter ici d'esquisser. En préambule, mes chers collègues, je voudrais soumettre à votre réflexion un aphorisme zen, que d'aucuns connaissent peut-être. Le Zen est, en effet, une pratique riche d'enseignements. C'est à la fois une philosophie et un art de vivre. Ce n'est pas, comme certains peuvent le croire, une religion. Je vous rassure immédiatement sur ce point. Le Zen est tout le contraire. Si certains s'y intéressent et veulent approfondir cette question, je pourrai facilement leur faire parvenir quelques ouvrages. Cette façon extrême-orientale de penser est en train de se répandre dans notre pays… Comme elle se situe aux antipodes de notre pensée cartésienne, elle peut, de ce fait même, apporter quelque lumière à la résolution de nos problèmes. Bon, pardonnez-moi cette longue parenthèse, mais croyez-moi, je n'abandonne pas mon idée en chemin et je soumets donc à présent cette pensée zen à votre réflexion. Voilà l'aphorisme en question. *« L'impasse est une issue »*.

L'étonnement de l'auditoire fut palpable sur tous les

visages, y compris celui de Clairefontaine, qui ne voyait pas clairement où son camarade entendait les conduire... *L'impasse est une issue, il nous manquait plus que ça !* Seul Rosette-Delamaison, qui n'y comprenait pas non plus grand-chose, buvait du petit-lait au spectacle du visage ébahi des vieux routards de la politique.

Verdurien explicita alors sa pensée.

— Peut-être est-ce que je fais offense à la pensée profonde du Zen ? Je n'en saisis pas, moi non plus, toute la subtilité. Et s'y référer à des fins de marketing politique c'est, sans doute, en dévoyer l'esprit. Tant pis. Je suis sûr que les véritables maîtres Zen sauront, dans leur grande mansuétude, me pardonner cette faute. Voilà mon explication. Lorsqu'aucun chemin ne s'ouvre au bout de l'impasse, que l'avenir est bouché, il faut s'y prendre autrement. Le principe est de cesser d'avoir une vue horizontale des choses et de tenter de sortir de l'impasse par le haut. Mais comment ça, par le haut, me direz-vous ? Eh bien, il suffit tout simplement d'ignorer le problème. Vous m'objecterez alors, à juste titre, qu'ignorer les problèmes, c'est bien beau, mais comment faire ? La réponse coule de source. Il suffit de ne pas les mentionner. Exit le choc d'Écologie et le choc de Fiscalité. Voilà mon point de vue.

Les collègues se grattaient la tête.

— Et qu'y aura-t-il donc dans le programme ?

— Eh bien justement, il n'y aura rien. Rien de rien. C'est là où je rejoins la position de mon ami Clairefontaine. Nous avons déjà un candidat qui ne représente rien. Rien du tout. Clairefontaine a explicité ce « Rien » excellemment. Avoir ce candidat du « Rien » est largement suffisant. Nous n'avons besoin de rien d'autre.

— Et le logiciel que nous avions prévu d'utiliser comme mot-clé de notre campagne, on le balance aussi ?

— Tout à fait, il n'est pas nécessaire que nous nous encombrions d'un logiciel qui sert uniquement de faire-valoir. Nous n'avons même plus besoin de poudre aux yeux.

— Et lors du débat télévisé, alors, que dirons-nous ?

— Eh bien, c'est tout simple, nous n'y participerons pas. La Constitution, j'ai vérifié, n'oblige aucun candidat à débattre avec d'autres devant les écrans de télévision ou à la radio. Donc, il nous suffit d'en être absents. Et, croyez-moi… Le trou, le manque, l'absence feront davantage recette que tous les discours ampoulés. Le programme ? Une page blanche… Vous vouliez un choc des consciences ? Eh bien, vous l'aurez ! Et ce n'est pas la planète qui pourra s'en plaindre, vu le nombre d'arbres et de molécules de carbone économisés ! Voilà donc un premier point écologique déjà réalisé sans aucuns frais !

Inutile de dire qu'après la vacuité sidérale des renseignements obtenus sur le candidat, la vacuité du programme provoqua un vrai choc. Un choc pour Rien. Plus exactement pour deux Riens. Un candidat inexistant. Un programme inexistant. Inutile de dire que ce *« Rien »* engendra un tsunami de réactions – comme le battement de l'aile d'un papillon arrive, dit-on, à provoquer un tremblement de terre.

Il y eut d'abord un temps de sidération. Comme on disait dans le temps, *tout le monde resta Gros-Jean comme devant*, y compris le bon peuple. Un Gros-Jean est un pauvre homme qui n'arrive pas à comprendre quelque chose, même après qu'on lui a fourni les renseignements susceptibles de venir à son secours. Il demeure donc aussi stupide après qu'avant. D'où l'expression *« il reste Gros-Jean comme devant »*.

Les humoristes ironisèrent à cœur joie sur le nom prophétique du jeune quadra Verdurien, qui en filigrane proposait à lui seul d'aller vers le « Rien ». Alan Verdurien. Un nom prédestiné à aller « vers le Rien ». Un nom qui faisait d'une pierre deux coups puisque, dans le même temps, par sa « verdure » même, il semblait destiné aussi à satisfaire les couleurs de l'écologie.

Les réactionnaires de l'opposition freinèrent de tous leurs pieds et y allèrent de leurs commentaires assassins. Pour eux, cette page blanche, en sus d'être une offense à la raison, prenait les électeurs et donc les citoyens pour du beurre. Leurs plus jeunes militants organisèrent des sit-in dans les jardins publics avec consigne donnée aux enfants de faire de ce programme low-cost des avions, des cocottes en papier et des bateaux. Les multiples exemplaires du programme blanc terminèrent leur vie, en fin de journée, sous les frondaisons des parcs et dans l'eau gargouillante des fontaines.

En dehors des opposants, les analystes de la chose politique tentaient de comprendre l'effet de séduction produit par ce *« Rien »* dans les sondages. L'un d'entre eux poussa l'audace jusqu'à faire une comparaison qui allait parfaitement dans le sens que souhaitait Verdurien. Il compara, en effet, l'évolution des programmes politiques à l'évolution de l'art. L'art contemporain n'a-t-il pas balayé en quelques décennies toute figuration du réel jusqu'à présenter comme œuvre, dans des galeries prestigieuses, de simples tableaux blancs ?

Eh bien, pour cet analyste, la même tendance prévalait

également en politique. *En arriver au Rien était une tendance sublime*. Comme en peinture. Publier un document vierge de tout écrit. Une simple page blanche. Quelle gueule cela aurait !

Un caricaturiste anticipa la page blanche. Il diffusa à la une de son journal, un tableau blanc figurant le programme avec un baiser rouge en son centre comme cela avait été le cas jadis à propos d'un tableau de grand prix, entièrement blanc et souillé par le baiser d'une jeune femme, qui de ce fait avait été condamnée pour acte de vandalisme. L'auteur, chagriné de voir son œuvre ainsi maculée, avait obtenu – à juste titre – réparation, bien que certains défenseurs de la jeune femme eussent considéré ce baiser comme un acte d'amour. Le tableau en question put donc à terme récupérer sa virginale pureté…

Certains, *a contrario*, trouvaient l'idée du Rien véritablement porteuse de sens. Ils avaient même le secret espoir que ce vide soit porteur de paix. La Belgique, pays proche de chez nous, ne s'était-elle pas passée d'un gouvernement pendant presque deux années sans que rien de fâcheux ne se produise ? N'avions-nous pas suffisamment souffert, aux siècles précédents, d'idéologies argumentées par écrit et qui avaient abouti à des catastrophes épouvantables ? Ce Rien ne présageait-il pas une sérénité future digne du Dalaï-lama ? N'était-il pas la promesse d'un avenir apaisé ?

On voit donc bien tout le remue-ménage que ce Rien engendra. N'était-ce pas de bon augure ? Certains affirmèrent, pour compléter le tout, que ce Rien allait dans le droit fil de la science. Les scientifiques avaient, en effet, découvert que les électrons ne sont pas de minuscules boules comme on l'avait cru pendant longtemps. Les électrons n'étaient *rien* non plus.

En tout cas, pas des choses. Ou alors, des ondes, des vibrations énergétiques impalpables et donc difficiles à coincer dans un coin…

Si on ajoute à cela que ces mêmes électrons au sein de l'atome sont éloignés du noyau d'une distance, presque galactique, on en était venu à penser que la matière la plus solide n'était composée que de vide. Y compris votre chaise ou votre table ! On disait même que si le monde se ramassait brutalement sur lui-même, il tiendrait sur une seule tête d'épingle. Toutes ces nouvelles avaient de quoi donner le vertige, mais, dans le même temps, elles confortaient les partisans politiques du « Rien ». Le monde semblait fait pour être, à terme, vidé de présences encombrantes et fondu dans la mer informe du néant.

Le parti surfait avec bonheur sur cette vague nihiliste. Il gagnait en popularité et l'ensemble des sondages le donnait gagnant. Les autres partis, dépassés par la plénitude réactionnaire de leurs programmes, arrivaient loin derrière. Personne ne lisait plus leur prose ampoulée. Personne ne visionnait leurs candidats maintes fois élus et dont on connaissait par cœur les ruses et les mimiques. Les médias avaient supprimé leurs multiples débats de fond, tant l'audimat généré par les émissions était faible.

Le parti avait donc gagné son pari. Son candidat avait été choisi – sans la concertation du peuple et en petit comité – sans faire appel aux lourdes primaires qui lassaient tout le monde en coûtant un argent fou. Il ne restait plus qu'à l'emporter au premier – chose peu probable – ou au deuxième tour des élections. Car, si l'on se souvient bien de cette époque, l'élection du président se faisait à deux tours.

Pendant ce temps, les journalistes des principales chaînes avaient organisé le débat télévisé coutumier dans ce genre de circonstances. Ils avaient pris l'habitude depuis deux décennies de toujours procéder de la même manière. Les candidats étaient placés face à la caméra en demi-cercle. Cette disposition avait pour avantage de permettre aux candidats de répondre aux modérateurs de l'émission et de se voir mutuellement pour mieux débattre de leurs propositions. Cette année-là, les prétendants à la présidence de la République participant à ce débat étaient au nombre de cinq.

Lorsque le jour du débat arriva, des millions de téléspectateurs se massèrent devant leur poste pour voir enfin si vraiment l'oiseau rare, Martin, ferait défaut et aurait le culot inouï de ne pas montrer son visage à ses potentiels électeurs, comme le laissait entendre la rumeur. Par un hasard bizarre, le tirage au sort avait décidé qu'Anastase Martin arriverait sur le plateau en dernier. Le suspense resta donc entier jusqu'au bout. Chaque candidat entrait par une porte latérale située à droite de l'écran, ce qui permettait au spectateur de bien visualiser son arrivée sur la scène.

Le premier candidat arriva d'un pas faussement décontracté, passa devant les premiers pupitres, alla serrer les mains des deux journalistes placés à gauche de l'écran et prit la première place à leurs côtés. Il en fut de même pour les trois autres. Au moment de la possible entrée du sieur Martin, la tension était à son comble sur le plateau et dans les chaumières.

Comme cela avait été annoncé, les minutes s'écoulaient sans que personne ne vînt. Le pupitre portant l'étiquette d'Anastase Martin restait désespérément vide. Les autres candidats, craignant son absence, jetaient des coups d'œil à la dérobée vers la porte, inquiets de voir se réaliser une prévision de mauvais augure pour leur propre image. Comment combattre un ennemi absent ? Comment attaquer ? Comment se défendre, lorsque rien ne se passe ni ne se dit ?

Le journaliste regarda sa montre et acta le fait – passées les dix minutes d'attente dictées par le règlement – que monsieur Martin serait définitivement absent. Le débat pouvait donc commencer. Il se racla la gorge avant d'entamer la série de questions qui seraient abordées. Dix sujets étaient au programme et chacun avait dix minutes pour les exposer… Les candidats, décontenancés et furibonds, répondirent comme ils le purent aux demandes qui leur étaient formulées. En fait, personne n'écoutait les questions ni ne prenait la peine d'y répondre. Le débat était bancal dès le départ, en raison du déséquilibre des participants. Il fut par la suite houleux.

L'absent était présent dans toutes les têtes. On ne parlait que de lui ! *« C'est tout de même se foutre de la gueule du monde »* vociféraient les candidats des autres partis présents sur le plateau. *« Vous vous rendez compte. Mais ce type est un fou furieux ! »* Chacun, tour à tour, s'étranglait de colère sans plus réfléchir à sa propre prestation. Lorsque l'émission toucha à sa fin, on n'avait pas avancé d'un iota. Les programmes adverses si travaillés n'avaient pas trouvé de place pour être expliqués. Une catastrophe pour leurs représentants ridiculisés et penauds. Enfin, le générique musical de l'émission retentit et chacun quitta, de mauvais gré, son pupitre.

À la suite de la pause publicitaire qui suivit cette prestation ratée, la chaîne donna la parole aux experts et élus de chaque bord, pour discuter de l'intérêt des propositions qui avaient été formulées entre les candidats. L'audimat, ce jour-là, explosa.

Les représentants du parti, les sieurs Clairefontaine et Verdurien, mandatés pour défendre la position de Martin – vécue comme provocatrice en raison de son absence au débat – furent pris aussitôt à partie. Accusés de mépris, de manque de respect et du fameux « foutage de gueule » qui revenait en boucle, ils entreprirent de répondre d'une voix douce et posée :

— Ne vous énervez donc pas de cette manière. Point n'est besoin d'éructer… Vous êtes-vous regardés ? Quelle impression laisserez-vous à la postérité ? Vous êtes tout rouges. Messieurs, vous ne comprenez rien à la modernité de notre absence d'explications. Ne savez-vous pas que le silence est d'or ? *« Celui qui sait ne parle pas »* dit un autre proverbe extrême-oriental.

Les autres représentants sortirent totalement de leurs gonds :

— Pour qui vous prenez-vous ? Pensez-vous avoir la science, l'art, la sagesse et la philosophie infus, et vous en sortir par cette nouvelle pirouette du Rien ? Vous n'avez que ce mot à la bouche. Le Rien. Le Rien. Le Rien. En réalité, avec vos grands airs de Confucius, c'est vous qui êtes des moins que rien. Et vous voulez que je vous parle franchement ? Vous n'êtes qu'un con, Monsieur, un con glorieux.

Pas décontenancé pour un sou par cette attaque frontale, Verdurien reprit la parole :

— Pourquoi voulez-vous que l'on détaille un programme auquel personne ne croit ? N'avez-vous pas perçu que nous sommes dans un monde globalisé et que les frontières sont de vraies passoires ? Le monde entier vit au jour le jour, s'adapte, mute et se débrouille sans programme préalable. Personne ne peut plus agir sur rien. Nous sommes embarqués dans la même galère planétaire et ce ne sont pas les gesticulations ridicules de vos petits bras qui pourront y changer quelque chose. Sauf à disposer d'un gouvernement mondial, que j'appelle de tous mes vœux et qui résoudrait les problèmes de façon holistique, chaque pays fait comme il peut.

— Et votre candidat du Rien. Un abruti de plus, celui-là, doublé d'un couard. Vous l'avez pêché où ?

— À votre différence, Monsieur, le candidat Martin a parfaitement saisi la complexité de la situation. Il réfléchit, prend son temps et des notes, loin de l'hystérie qui vous caractérise. En silence, il se prépare à la lourde charge qui sera peut-être la sienne. Il se montrera en temps voulu. Prenez-vous le peuple pour un tas d'abrutis ? Adaptons-nous au réel, mon cher ! Suivons ses méandres plutôt que de lui définir un cadre intenable trop raide pour qu'il puisse s'y maintenir vivant. Ne voyez-vous pas que la planète tout entière vit, se déplace, fuit les sécheresses, les guerres, la misère et que de vos règlements tout le monde fait fi ? Ouvrez donc les yeux, mon cher. Le réel. C'est la vérité. Vos discours, vos programmes et vos mots ne valent pas un clou. Au fond, vous le savez très bien. Le peuple est beaucoup plus lucide de toutes ces mutations que vous ne l'êtes avec vos concepts archaïques. Vous êtes dépassés par les événements. Le monde nous précède. Nous le suivons là où il va, au lieu d'essayer d'anticiper.

— Et que ferez-vous donc, Monsieur le gourou, si vous arrivez aux affaires ? Dites-le clairement, nous sommes tout ouïe…

— Eh bien, nous verrons en temps voulu ce qu'il y a lieu de faire. Toute réponse anticipée serait démagogique et mensongère.

— Et le fameux logiciel dont vous nous avez rebattu les oreilles, qu'en ferez-vous ?

— Il ne nous est plus nécessaire. Notre logiciel, c'est la vie, Monsieur… La vie !!

Chapitre 7 – Le Président à l'Élysée

Après ce débat mémorable, les commentaires allèrent bon train. On ne pouvait tout de même pas faire comme si de rien n'était. L'opposition, sentant cuire les carottes à feu vif, entra bille en tête, dans la faille béante de ce Rien. Chacun y allait de sa petite phrase : *« Impossible d'élire une nullité, un bon à rien, un nul, un ignorant de la chose publique, un zéro. Un candidat sorti de rien, prêt en un rien de temps, ne comprenant rien à rien. D'ailleurs, ce propre à rien ne perdait rien pour attendre »*.

Les partisans d'Anastase, de leur côté, défendaient de toutes leurs forces le trou béant sur lequel ils surfaient, clamant à qui voulait l'entendre : *« Que l'opposition faisait des histoires pour rien. Que leurs calomnies ne serviraient à rien. Qu'ils n'avaient pas de temps à perdre pour un rien. Un Martin, sinon rien. Que c'était ça ou rien. »*

Des micros-trottoirs interrogeaient les passants sur cette élection inédite :

— Connaissez-vous Anastase Martin ? demandait le cameraman.

— Ça ne me dit rien, répondait l'un.

— C'est mieux que rien, disait l'autre.

— Il va compter pour rien…

D'autres, moins courtois ou plus désabusés, semblaient devoir grossir les rangs de l'abstention. Ils répondaient par des propos brusques et vulgaires :

— Je n'en ai rien à faire.

— Rien à fiche…

— Rien à battre.

— Rien à cirer.

Bref, pour les experts et les commentateurs, hormis l'inconnue que représentait le taux d'abstention, il ressortait de ces commentaires l'impression générale que : *« Même si tout cela semblait ne rimer à rien, même si Martin paraissait revêtu d'un costume un rien trop grand, les citoyens n'auraient rien de mieux à se mettre sous la dent. Martin serait donc élu, comme prévu, c'est-à-dire comme un rien ».*

Ce qui devait arriver arriva. Bien que personne n'ait jamais vu le visage du candidat, la communication inédite autour du Rien porta ses fruits. Ce vaurien – qui ne disait à personne rien qui vaille – fut élu au premier tour avec 50,001 % des voix. Il s'en était fallu d'un rien pour qu'un second tour ait lieu. Cependant, avec ce tout petit rien, Anastase Martin l'emporta sans attendre et il fut, comme nous l'avions annoncé, élu président de la République française. Mine de rien, le parti était arrivé à ses fins…

En fait, le pot aux roses fut bientôt éventé par voie de presse et sur les réseaux sociaux. On sut, *a posteriori*, comment le parti – réputé pour être d'ordinaire lourd et peu imaginatif – avait fait pour enfanter une si géniale trouvaille. On apprit – certaines rumeurs virales font le buzz – qu'il n'avait pas bénéficié de l'inspiration divine tout seul. En secret, Clairefontaine avait pris conseil auprès d'une agence de communication, spécialisée dans le rien. Cette agence avait pour intitulé *zeroabsolu.com.*

Cette start-up inconnue, au nom étrange, était en fait, dirigée par le sieur Verdurien. Tout devint alors très clair. En sous-main, celui-ci avait persuadé le sieur Clairefontaine du bien-fondé de sa méthode de communication ayant pour base le néant. Clairefontaine, peu branché dans les nouvelles technologies – auxquelles il était peu accoutumé – avait alors été séduit par la sobriété du concept. Un concept simple à comprendre. Le rien.

Si simple que seul un slogan *« trop d'image tue l'image, trop de texte tue le texte »* était affiché en lettres italiques grisées sur fond blanc, sur la première page du site. C'était l'unique information à laquelle l'internaute avait accès… Aucune autre maxime ou image ne venait polluer la sobriété élégante du design. En une ère où les sites rivalisaient de messages clignotants et d'images colorées, cet écran blanc avait évidemment de quoi surprendre. Clairefontaine en comprit vite l'intérêt et fut enchanté des conseils prodigués par ses concepteurs.

D'avoir été ainsi coaché par Verdurien sur l'intérêt du Rien fit la notoriété du sieur Clairefontaine, qui n'aurait pas eu l'inspiration suffisante pour engendrer tout seul un concept aussi épuré. Le coup du *« candidat inconnu de tous »*, c'était donc Verdurien... *« L'échelle descendante du Rien »*, c'était aussi Verdurien… Après le succès que Clairefontaine remporta auprès des membres du parti, on comprend la publicité prodigieuse qu'il apporta à la start-up d'Alan Verdurien. Celle-ci se mit à franchir allègrement, par la suite, les étapes de la célébrité, en sens inverse de l'échelle des monarques. Sa cote grimpa si formidablement que ce nouveau site, inconnu jusqu'alors, intégra en un tour de main le top 10 des meilleures start-ups de l'année.

Interrogé sur ce point, le jeune sous-directeur du *zeroabsolu.com*, Gabriel Zéro – un prénom d'archange annonciateur subliminal de bonnes nouvelles –, fier de sa notoriété nouvelle et satisfait de la progression fulgurante de ses commandes, répondit aux commentateurs de télévision qui l'interrogeaient :

— Depuis combien de temps travaillez-vous pour Alan Verdurien ?

— Oh, depuis le début. C'est un pote à moi, Verdurien. Nous avons monté le truc ensemble. Mais, comment vous dire les choses, il possède plus de parts que moi… C'est donc lui le patron… C'est normal. Cela fait des années que nous travaillons sur le degré zéro de la politique. À la longue, notre concept s'est révélé porteur de sens. Ce n'était pas évident au début. Aucune banque n'a cru en notre projet. Nous avons grimpé les échelons à la force du poignet. Fort heureusement, notre petite équipe est soudée et y croyait dur comme fer. Voyez le résultat.

— Et le sieur Clairefontaine ?

— Je dois reconnaître que, sans l'énorme coup de pouce qu'il nous a donné, nous stagnerions encore dans les moyennes eaux de Google. Quand vous pensez qu'il a fait tout ça pour rien, Clairefontaine. Il ne nous a pas demandé un sou ! Par voie de réciprocité, nous ne lui avons pas facturé un seul centime, non plus. Vous pensez bien ! Un vrai miracle pour nous, ce Clairefontaine, avec son Martin. Nous embauchons à présent à tour de bras… Le succès appelle le succès. L'argent appelle l'argent. Même les pubs négatives nous font monter.

— Vous avez des pubs négatives ?

— Oui, vous savez, tout tabler sur le Rien, fallait y penser… Et cela semble toujours incongru. Le zéro absolu n'est pas facile à intégrer par nos cervelles d'Occidentaux. Nous avons travaillé comme des malades pour faire sortir le tout du Rien. Comme j'aime le dire – pour faire croire que j'ai des lettres –, Dieu a tout sorti du néant. Avant lui régnait le chaos. Il a fait exister des choses rien qu'en les nommant. Au départ, pour Dieu aussi, c'était du pur virtuel. Il n'y avait rien, justement.

— Et qu'allez-vous faire à présent ?

— Nous avons une autre idée que nous avons soumise au parti… Je pense qu'elle va être acceptée… Elle prendra son effet lorsque le Président sera élu. Vous en saurez plus lorsque le Président sera présent en personne à l'Élysée. Mais chut… Tout ce que je peux vous dire, c'est que nous pêchons nos symboles dans les religions. Toutes les religions.

— N'avez-vous pas peur de brouiller les messages religieux propres à chaque confession ? Nous sommes dans un pays où la laïcité prévaut, ne l'oublions pas !

— Mais c'est ce que tout le monde fait ! Pourquoi ne poser la question qu'aux communicants ? Nous sommes très attachés, comme tous, au principe de laïcité. C'est pourquoi nous mélangeons tout. C'est ce que fait la mouvance New Age. C'est ce que font aussi certains auteurs de sagas, avec leurs jeux de pistes spirituels… Alors pourquoi pas les communicants ?

Dans les jours qui suivirent cette publication explicative, les stars de la politique, du business et du show-biz se pressèrent pour passer commande auprès du *zéro absolu*, tout en ne comprenant pas très bien comment il était possible de se faire de la pub sans se montrer.

Pendant ce temps, une limousine noire – ancien modèle blindé que l'on avait gardé pour assurer la sécurité du dernier monarque républicain – fut ressortie pour aller quérir le président fraîchement élu à l'endroit dans lequel il avait été soustrait aux regards des curieux. Un voyage en train, comme cela était devenu l'habitude, eût été plus onéreux, risqué et voyant.

Sortie pour l'occasion du garage où elle stationnait, l'automobile en question accomplit à merveille son office. Banalisée, pour ne pas mettre en péril le président en exercice – seul membre du gouvernement à bénéficier de cette protection –, elle était, comme il se doit, de marque française et son look était loin d'être tapageur. Nul motard casqué ni voiture avec gyrophare ou klaxon policier intégrés n'avaient été prévus pour l'accompagner. Rien ne déchira donc le silence sur son passage.

Hormis quelques initiés qui se tinrent cois, personne ne put se douter de la résidence dans laquelle le président Martin s'était retiré. Sur les routes de France, personne ne prêta non plus attention à ce véhicule qui, finalement, lui aussi, n'avait l'air de rien. C'est donc sans tambour ni trompette qu'il arriva devant les portes de l'Élysée.

Seuls quelques passants se tordirent le cou pour tenter d'apercevoir le visage de son occupant. Hélas, les vitres opaques, destinées à faire obstacle aux regards intrusifs, les privèrent du renseignement souhaité. L'organisation du transfert *incognito* du Président méritait un sans-faute. Ce fut un véritable travail d'orfèvre, peu onéreux de surcroît, réalisé par des professionnels aguerris et compétents. Même les plus rusés des paparazzis ne soupçonnèrent pas la présence de l'élu dans le palais. Rien n'avait donc filtré.

Ce n'est qu'au journal télévisé de 20 heures, sur une chaîne de grande audience, que Clairefontaine – mandaté par la présidence – relata l'événement. Interrogé par le journaliste qui officiait ce soir-là, il annonça avec simplicité que le président élu occupait maintenant les lieux et s'apprêtait à exercer ses fonctions. Le journaliste, malgré l'insistance de ses questions, ne put obtenir aucun renseignement sur la façon dont s'étaient déroulés la retraite du candidat ni le transfert du Président jusqu'au palais.

À la question de savoir si Clairefontaine avait été nommé porte-parole de la présidence, celui-ci répondit que, pour ce soir, la réponse était oui. Il indiqua par ailleurs que le Président en personne tenait à faire, le surlendemain, une allocution télévisée pour informer les Français de l'orientation politique qu'il entendait insuffler au pays. Pour l'heure, l'heureux élu, après les pénibles jours de la campagne qu'il avait menée à bien, prenait dans son appartement de fonction quelques heures d'un repos bien mérité. Clairefontaine insista sur le fait que, conformément aux règlements en vigueur dans notre pays, ce local élyséen de cent vingt mètres carrés avait été mis à disposition de son occupant par la République et que ce dernier en acquitterait le montant, comme il se doit, sur ses deniers.

Le journaliste demanda, avec un rien de malice, pourquoi le Président tenait tellement à faire une déclaration, puisque la ligne du parti avait été jusque-là de ne rien dire. Clairefontaine répondit, sans sourire et sans se démonter, qu'il n'était pas au courant de la teneur du message que celui-ci entendait diffuser.

Alors que l'émission touchait à sa fin, Clairefontaine reprit la parole pour faire une déclaration des plus surprenantes. Il indiqua en effet, au journaliste et donc aux millions de citoyens massés devant leur poste à cette heure de grande écoute, que l'annonce du Président serait précédée par une fumée qui s'élèverait en volutes dans le ciel parisien.

— Une fumée ? demanda le journaliste qui avait grand-peine à masquer sa surprise.

— Oui, une fumée…

— Comme pour le discours du pape ?

— Exactement.

— Et d'où partira-t-elle cette fumée, de l'Élysée ?

— Non. L'Élysée n'est pas un endroit adapté pour diffuser un message de cette nature.

— Parce qu'il s'agira d'un message ?

— Oui. Un message annonciateur de la parole présidentielle.

— Et…

— Le haut de la tour Eiffel nous semble un endroit propice à la grandeur de l'événement. À l'aide des technologies modernes, il est enfantin aujourd'hui d'insérer au sommet de la tour un genre de poêle ou – pour employer un langage d'actualité – un foyer de combustion électronique contenant des fumigènes. L'immense esplanade du Champ-de-Mars permettra d'accueillir les Parisiens décidés à vivre l'événement en direct. Nous sommes partisans des images symboliques fortes. Quoi de mieux que cette fumée pour clamer au pays l'intention du Président ? Car, peu après l'apparition de la fumée dans le ciel de Paris, le Président s'exprimera sur toutes les chaînes françaises. Un écran géant sera installé au milieu de la tour, afin que tout le monde puisse profiter de la parole présidentielle lorsque celui-ci s'adressera aux Français.

— Puis-je vous demander de quelle couleur sera cette fumée ? demanda le journaliste de plus en plus intrigué.

— Nos équipes logistiques sont en train d'y travailler.

— J'imagine que la société de communication qui vous conseille est celle du Zéro absolu ?

— Exactement. Nous avons toute confiance dans ses procédés, qui, vous le concéderez volontiers, révolutionnent le rapport que nous avons avec la politique.

— Ne craignez-vous pas qu'on vous fasse le reproche de plagier le Saint-Siège, en une époque où beaucoup de commentateurs trouvent ses méthodes désuètes, voire archaïques ?

— C'est évidemment un risque que nous assumons. Tout le monde connaît notre attachement – que d'aucuns qualifient d'obsessionnel – à la laïcité. Les critiques se tairont très rapidement si la foule est présente en nombre sur la place.

— Ne craignez-vous pas également que l'on reproche au Président une forme de « starisation » de la vie politique puisque les moyens utilisés – écran géant plus sono, j'imagine – seront comparables à ceux du show-biz, avec les budgets dispendieux engendrés généralement par ce genre de mise en scène ?

— Écoutez, j'entends bien votre question. Mais, notre programme par son essence même – cela nous a été suffisamment reproché – n'a pas coûté le moindre centime.

Rien n'a été encore diffusé, vous le savez aussi bien que moi. Il faudrait vraiment beaucoup de mauvaise foi pour venir se plaindre à présent de son coût. D'autant que, naturellement, le Président étant devenu celui de tous les Français, nous n'affréterons aucun moyen de locomotion pour attirer les gens domiciliés en dehors de la capitale. Ces Français, je l'espère aussi, auront à cœur d'être devant leur poste à l'heure dite pour participer, à leur manière, à la diffusion de ce message d'importance.

L'heure tournait. Le journaliste devait boucler son journal à temps. Il n'eut donc pas le loisir de poser les questions complémentaires qui, naturellement, dans sa tête se pressaient.

Ce n'est que le lendemain que les renseignements commencèrent à être diffusés dans toutes les rédactions. C'était le sieur Yvan des Fumerolles qui avait été chargé de diriger les opérations délicates inhérentes à l'utilisation des cartouches de fumigènes. Ce monsieur était devenu un expert dans ces annonces événementielles d'un nouveau genre. D'un nouveau genre, en politique s'entend, puisque la papauté avait utilisé depuis des millénaires ce moyen pour indiquer aux fidèles massés sur la place Saint-Pierre qu'un nouveau pape venait d'être élu.

Le parti avait décidé de singer les pratiques lumineuses d'efficacité du Saint-Siège – fumée blanche si le pape était élu, noire s'il ne l'était pas encore. Le principe utilisé était ici le même. Mais il n'y aurait qu'une seule couleur de fumée. La question de la couleur avait été âprement discutée. On avait naturellement pensé immédiatement à la couleur rose. Le choix de cette couleur, qui semblait de prime abord séduisante, avait, dans un deuxième temps, été rejeté. Comment conserver une neutralité politique si l'on arbore la couleur d'un seul parti ? Et comment envoyer une fumée rose alors que la couleur de l'avenir l'est si peu ?

Le rose ne faisait donc pas ici l'affaire. Son choix n'avait été judicieux que lors des campagnes d'antan, lorsqu'il était encore de bon ton d'annoncer des lendemains qui chantent. Mais aujourd'hui… Avec les difficultés quasi insurmontables que vivait le monde, comment faire appel à une fumée aussi optimiste ?

Là aussi, la société Zéro absolu tira les décideurs d'un mauvais pas en lui apportant la solution. Le plus pertinent ne serait-il pas de lancer une fumée blanche transparente, incolore comme le programme du candidat ? N'était-ce pas la meilleure façon de souligner la teneur abstraite du message qu'il souhaitait transmettre ?

Chapitre 8 – La fumée annonciatrice

Enfin, le soir du jour J arriva.

Les caméras du monde entier n'étaient pas restées inactives tout au long de la journée, loin de là. Rien du déroulement des opérations n'échappa à leur œil averti. Tout repassait en boucle sur les écrans télévisés… L'acheminement des poutrelles métalliques… le montage de l'écran… la progression du foyer électronique vers le sommet de la tour. Les téléspectateurs ne perdirent pas non plus une miette du va-et-vient des techniciens qui s'activaient, telles des fourmis affairées, à tout mettre en place.

En fin d'après-midi, la foule en petits groupes convergea vers la place. Des hommes, des femmes, des familles entières, parfois même des poussettes de bébé. Tout ce petit monde, dans une atmosphère bon enfant, affluait pour assister à l'événement. Des cordons de police et quelques véhicules de surveillance veillaient discrètement au grain, en vue de prévenir une altercation, une bousculade ou même une bagarre. Vers 19 h 30, la place était noire de monde tandis que, dans les rues adjacentes, les retardataires s'empressaient d'arriver. Presque 20 heures. Tout était fin prêt. À 20 heures pétantes, après de nombreux « Chut ! Chut !… » qui fusaient ci et là de la foule attentive, le silence se fit.

C'est alors que la fumée annonciatrice tant attendue s'éleva dans le ciel depuis le sommet de la tour. Un immense « Oh » de surprise – ou d'admiration ? – jaillit de la foule par ondes successives sur toute la place, suivi d'une salve d'applaudissements nourris. Comme cela avait été prévu par les artificiers, la fumée s'élevait en larges volutes dans le ciel de Paris.

Que dire de sa couleur ? Comme prévu, elle était indéfinissable. Cinquante nuances de gris, cinquante nuances plus sombres et d'autres plus claires composaient le nuage qui prit soudain, poussé par le vent léger, des allures d'altocumulus stratiformis radiatus. On pouvait le voir de tous les coins de Paris. Les gens, massés au balcon des immeubles ou perchés sur les toits, tordaient le cou pour mieux le voir, tandis que les envoyés spéciaux des différents médias enchaînaient leurs questions dans la foule :

— Vous êtes venus de loin ?

— Combien de temps avez-vous mis en métro ?

— Et vous avez là toute votre petite famille au grand complet ?

— Vous attendez les propos du Président ?

— Et toi, le fiston perché sur les épaules du papa, tu veux dire quelque chose ?

— Que pensez-vous de la couleur de la fumée ?

Les organisateurs avaient gagné leur pari. Le parti devait se frotter les mains.

Cependant, passé le moment de surprise et les acclamations des spectateurs, le discours du Président se faisait attendre. Déjà 20 h 10 ! *« Mais c'est bien long… Depuis le temps qu'on est là ! »*

Impatients d'attendre, plantés là sans rien faire, les gens

profitèrent de cette pause imprévue pour lancer quelques débats citoyens, comme ils en avaient pris le pli depuis plusieurs années. À en croire les informations diffusées en live par les télés, le sujet principal, c'était la fumée. En dehors de la couleur, c'était la technique qui soulevait le plus d'interrogations. *« Comment font-ils, là-haut, pour doser la proportion de produits fumigènes et obtenir ces nuances ? Ce sont vraiment des pros ! À côté de la fumée du Vatican, y a pas photo ! Pour l'élection du pape, une année, ils se sont même gourés de couleur... Faut le faire ! Pourtant, choisir entre le blanc et le noir, c'est quand même pas sorcier ! »*

D'autres débats, plus politiques, prenaient corps au fil des minutes d'attente, au risque comme cela est souvent le cas de dégénérer. Certains citoyens s'interrogeaient, en effet, sur le fait d'utiliser de la fumée comme signe d'appel au peuple. Modernes, cartésiens et branchés, ils regrettaient vivement qu'un SMS – ou mieux un tweet – n'ait pas été lancé à l'attention de tous les foyers. *« Un tweet, c'est pas plus de cent quarante caractères. Diffusé sur la toile, il aurait volé à la vitesse de la lumière et fait le buzz ! Alors que là... vous parlez d'un truc ringard... Un jet de fumée... Pourquoi pas un lâcher de colombes, tant qu'on y est ! »*

Micros et caméras virevoltaient d'un groupe à l'autre pour rendre compte aux téléspectateurs – privés de ce spectacle unique en son genre – de l'atmosphère festive qui régnait sur la place et leur faire part des questionnements qui ne manquaient pas de surgir de tous côtés. Pour tout dire, les envoyés spéciaux étaient quelque peu débordés, tant l'attente qui se prolongeait suscitait de réactions disparates dans la foule.

C'est ainsi que l'on put voir sur les écrans télés les propos de personnes, très à cheval sur les traditions, se demander si un antique poêle à bois n'aurait pas mieux fait l'affaire qu'une combustion artificielle électronique. Quelques images étonnantes montrèrent, dans un coin, un groupe d'adeptes de la religion s'insurger contre le fait de singer l'Église catholique. *« N'est-elle pas raillée en permanence par l'esprit du temps ? Pourquoi donc lui emprunter ses symboles millénaires sous le prétexte fallacieux de modernité ? »* Certains d'entre eux, impuissants et navrés par les impies, s'agenouillaient en silence pour prier, au grand dam de leurs voisins qui commencèrent à les moquer.

Enfin, les plus délurés maniaient l'ironie la plus sarcastique : *« Bientôt pour voir le grand Sachem, il nous faudra un signal visible dans toute la vallée, comme chez les Sioux ! »*

Bref. La télévision faisait son métier, tandis que chacun, à sa manière, tuait le temps comme il pouvait, dans l'attente que le Président veuille bien s'exprimer. L'heure, cependant, tournait. À 20 h 20, rien n'était sorti de l'écran, ni image ni son. L'écran, certes brillant et éclairé, demeurait désespérément blanc.

Ce fut au beau milieu de cette foule paisible, mais quelque peu tendue par l'attente, qu'un groupe de femmes aux seins dénudés et bariolés apparut sur la place, muni de fumigènes roses. Peu de femmes en réalité. Une dizaine, peut-être. Leur défilé en petit nombre ne passa pourtant pas inaperçu. Outre leur tenue plus que légère – presque la tenue d'Ève – attirant le regard des badauds, la fumée rose qui se dégageait de leur groupe monta elle aussi dans le ciel. Par ce signal visible au-dessus de leurs têtes, elles entendaient protester contre l'émission de fumée par le pouvoir en place. Ce signe était emprunté au domaine religieux et il leur semblait absolument contraire au principe de laïcité stricte prônée par l'État.

La police, alertée par le brouhaha et le nuage rose qui menaçait à présent de cacher le grand écran, se dirigea sur les lieux et entreprit d'éteindre les fumerolles. C'est alors que d'autres manifestants vêtus de rose amplifièrent le tapage. Considérant que la couleur rose appartenait à tout le monde, ces protestataires favorables « au Rose pour tous » n'entendaient pas se faire dérober leur couleur par quelque groupe particulier. Certains d'entre eux prêtèrent main-forte aux forces de l'ordre, ravies de trouver de l'aide pour traîner les femmes récalcitrantes hors du champ de vision du public, tandis que d'autres allumaient leurs pétards fumigènes, amplifiant de ce fait la coloration toujours plus rosissante de l'atmosphère.

Si les partisans du « Rose pour tous » voulaient une fumée rose, d'autres manifestants en désaccord complet avec la couleur proposée s'interposèrent pour imposer leur point de vue. Pourquoi du gris ou du rose ? Et pas du vert, après tout ? Arriva donc une délégation d'environnementalistes attachés à protéger la couleur de la végétation menacée dans le monde entier de pollution. Ils allumèrent aussitôt des contre-feux de couleur verte. Le ciel commençait donc déjà à devenir polychrome, quand les mouvements politiques bleus et rouges s'interposèrent pour ne pas se faire voler la vedette. Les pétards et leurs fumerolles multicolores fusaient de tous côtés. Les enfants, ravis de l'aubaine, croyant assister à une fête foraine, rajoutèrent leur grain de sel avec leurs cartouches pétaradantes.

La police, ne sachant plus où donner de la tête, assistait impuissante à ce feu d'artifice improvisé… Des bagarres éclatèrent ici et là tandis que des délinquants professionnels vinrent semer le trouble par-dessus le marché, munis de chaînes et de poings de fer américains, au risque de provoquer des violences gratuites.

Bref, à 20 h 35, le vacarme était à son comble et pour le coup, on n'y voyait plus rien. Ni la Tour, ni l'écran, ni la foule. Les hélicoptères, dépêchés devant l'urgence de la situation, survolaient sans relâche le nuage, sans non plus y voir goutte.

Personne ne vit ni n'entendit le Président.

Ce fut donc un bel enfumage.

L'histoire ne dit pas ce qui, par la suite, advint ni ce que devint le sieur Martin. Prononça-t-il son discours ? Apparut-il à l'écran ce soir-là ?

Nous ne le saurons pas. Tout ce que l'on peut dire, c'est que cet inconnu au bataillon ne put, comme ses prédécesseurs, goûter aux délices de la célébrité après sa fulgurante ascension. Peut-être qu'il préféra s'enfuir, la peur au ventre, vers quelque pays étranger. Peut-être regagna-t-il sa chaumière après avoir éventé le pot aux roses piquantes dans lequel on avait voulu le précipiter. Peut-être n'a-t-il jamais existé…

À chacun d'inventer la suite.

FIN

À propos de l'auteur

Née d'un père béarnais et d'une mère bretonne, Manou Fuentes a passé son enfance dans l'immobilité et la paix de la France profonde. Issue d'une famille médicale, ses pas l'ont conduite, sans réflexion approfondie, à devenir docteur en médecine, spécialisée en anesthésie-réanimation.

Le spectacle des Urgences, de la souffrance, de la solitude et de l'angoisse de ses patients, l'ont amenée à être à l'écoute des autres et à approfondir tout ce qui touche à l'humain. Les patients savent des choses que le commun des mortels en bonne santé ignore. Ils sont donc, en quelque sorte, des maîtres de vie.

Passionnée par les auteurs classiques et contemporains, Manou Fuentes est tentée à son tour par l'aventure de l'écriture pour exprimer la fragilité et la force de l'être devant la beauté, les rebondissements et le mystère de la vie.

Son travail d'écriture a été facilité par un goût prononcé pour les technologies numériques, capables d'entrebâiller pour celui qui les utilise, des portes vers des mondes insoupçonnés.

Après le succès de *L'homme qui voulait rester dans son coin*, roman qui s'est maintenu plus de trois mois dans le Top 100 des ventes d'Amazon, Manou Fuentes se livre, avec *Habemus Praesidem*, à un genre tout à fait différent, entre la fable, le conte ou le pamphlet.

Du même auteur

Célibataire et volontiers solitaire, Édouard Pojulebe est un homme prudent, qui depuis l'enfance a appris à se tenir à distance des autres pour éviter les conflits. Édouard s'est construit, au fil des ans, une vie tranquille, faite des gestes du quotidien, de façon à ne jamais risquer de mettre en péril sa quiétude.

Un grain de sable vient perturber cette vie si bien huilée. Édouard se trouve alors entraîné dans des aventures dont il ne saisit pas le sens. Décontenancé par la tournure que prennent les événements, il s'angoisse de ne plus savoir quoi faire et quoi être, erre sur des chemins méconnus tout en essayant, malgré tout, de ne pas perdre pied.

N'arrivant à rien dénouer, Édouard se trouve, in fine, contraint à la fuite. Exposé alors à une menace permanente, ce personnage peu enclin à la réflexion voit son instinct de survie s'aiguiser et son discernement s'approfondir, pour tenter de s'adapter aux réalités nouvelles auxquelles il est confronté. Sa personnalité en vient à se métamorphoser de telle manière qu'il se découvre, finalement, autre qu'il était.

Retrouvez tous les titres et l'actualité des Éditions HJ :

Sur notre site Internet :

http://www.editionshelenejacob.com

Sur Facebook :

https://www.facebook.com/EditionsHJ

Sur Twitter :

https://twitter.com/EditionsHJ

Table des matières

www.ingramcontent.com/pod-product-compliance
Lightning Source LLC
LaVergne TN
LVHW010939110826
845149LV00013B/2669

9782370110152